3個問號偵探團 1

天堂動物園事件

文 晤爾伏・布朗克
圖 阿力
譯 宋淑明

企劃緣起

現在，開始讀少兒偵探小說吧！

親子天下閱讀頻道總監／張淑瓊

閱讀也要均衡一下

為什麼要讀偵探小說呢？偵探小說是一種非常特別的寫作類型，臺灣這幾年奇幻文學大發燒，類似的故事滿坑滿谷；除了奇幻故事之外，童話或是寫實故事也是創作和閱讀的大宗。偵探和冒險類型的小說相對而言就小眾多了。不過，偵探小說在全世界可是佔有很大的出版比例，光是看這兩年一波波福爾摩斯熱潮，從出版、電視影集到電影，就知道偵探小說的魅力有多大了。

但在少兒閱讀的領域中，我們還是習慣讀寫實小說或奇幻文學為主，畢竟考試當前，升學掛帥，能撥出時間讀點課外讀物就挺難得了，在閱讀題材的選擇上，通常就會以市面上出版量大的、得獎的、有名的讀物爲主。殊不知，偵探故事是少兒最適合閱讀的類型，因爲它不只是一種文學，更是兼顧閱讀和多元能力養成的超優選素材。

成長能力一次到位

偵探小說是一種綜合多元的閱讀類型。好的偵探故事結合了故事應該有的精采結構、主角們在不疑之處有疑的好奇心和合理的懷疑態度，還有持續追蹤線索過程中的耐心與熱情，解答問題過程中資料的蒐集解讀、推理判斷能力的訓練，遇到難處或危險時需要的勇氣和冒險精神、機智和靈巧，還有和同伴一起團隊合作的學習，和面對彼此性格態度不同時的衝突調解和忍耐體諒。這些全部匯集在偵探小說的閱讀中，厲害吧！

閱讀偵探故事，可以讓孩子在潛移默化中培養好奇心、觀察力、推理邏輯訓練、資料蒐集能力、團隊合作的精神、人際互動的態度……等等。這麼優質的閱讀素材，怎麼能在孩子的閱讀書單中缺席呢！這就是爲什麼我們一直希望能出版一套給少兒讀的偵探小說系列。

閱讀大國的偵探啓蒙書

去年我們在法蘭克福書展撈寶，鎖定了這套德國暢銷三百五十萬冊、全球售出多國版權的【三個問號偵探團】系列。我們發現臺灣已經有了法國的「亞森羅蘋」、英國的「福爾摩斯」，還有我們出版的瑞典的「大偵探卡萊」，現在我們找到以自律、嚴謹聞名的閱讀大國德國所出版的「三個問號偵探團」，我們希望讓臺灣的讀者們也可以和所有的德國孩子一樣享讀這套「偵探啓蒙書」。跟著三個問號偵探團一樣，隨時準備好所有行動需要的工具，體會「空氣中突然充滿了冒險味道」的滋味，像他們一樣自信的說：「解開疑問就是我們的專長」。我們希望孩子們在安全眞實的閱讀環境中，冒險、推理、偵探、解謎！

推薦文

好文本×好讀者＝享受閱讀思考的樂趣

臺灣讀寫教學研究學會理事長／陳欣希

偵探故事是我最愛的文類之一。此類書籍能帶來「閱讀懸疑情節」和「與書中偵探較勁」的樂趣，但，能否感受到這兩種樂趣會因「文本」和「讀者」而異。以認知心理學的角度來看，「令人感興趣」即表示「大腦注意到並能理解」；容易被大腦注意到的訊息有兩種：新奇和矛盾，讀者愈能主動比對正在閱讀的訊息與過往知識經驗的異同，愈能將文字敘述轉為具體畫面並拼出完整圖像，就愈能享受閱讀思考的樂趣。但，正邁向成熟的小讀者，仍在培養這種自動化思考的能力，於是，文本的影響力就更大了。

了解前述原理，再來看看【三個問號偵探團】，就不難理解這系列書籍能讓人一口氣讀完而忽略長度的原因了。

「對話」，突顯主角們的關係與性格

文中的三位主角就像其他偵探一樣，有著「留意周遭、發現線索、勇於探查」的特質，不一樣的是，多了「合作」。之所以能合作，友誼是主要條件，但另一條件也不可少，即，各有專長。此外，更不一樣的是，這三位主角也會害怕、偶爾也會想退縮，但還是因爲友誼，外加「幽默」，讓他們即使身陷險境，仍能輕鬆以對。要如何感受到三位偵探間的深厚情誼以及各自鮮明的個性特質呢？請留意書中的「對話」！

「情節」，串連故事線引出破案思惟

情節安排常會因字數而有所受限制，或是案件的線索太明顯、眞相呼之欲出，連讀者都能很快的知道事件的原由；或是線索太隱密，讓原本就過於聰明的偵探一眼識破，而一頭霧水的讀者只能在偵探解說時才恍然大悟。這系列書籍則兼顧了兩者。書中的數個情節，看似無關，但卻有條細線串連著。只要讀者留意一些看似突兀的插曲，留意加入故事的新人物，其實不難發現這條細線，更能理解主角們解決案件的思惟。

【三個問號偵探團】這系列書籍所提到的議題，是十歲小孩所關切的。再加上文字描述能讓讀者理解主角們的性格與關係，讓讀者有跡可尋而拼湊事情的全貌。簡言之，對十歲小孩來說，此類故事即能帶來前述「閱讀懸疑情節」和「與書中偵探較勁」的雙重樂趣。對了，想與書中偵探較勁嗎？可試試下列的閱讀方法：

閱讀中

根據文類和書名以形成假設
（我知道偵探故事有哪些特色，再看到書名，我猜這本書的內容是什麼？）

↓

尋找線索以形成更細緻的假設
（我注意到作者安排另一個角色或某個事件，可能與故事發展有關……）

↓

帶著假設繼續閱讀
（我注意到的線索、形成的假設，與書中偵探的發現有何異同？）

↓

連結線索以檢視假設
（哪些線索我比書中偵探更早注意到？哪些線索是我沒留意到？是否回頭重讀故事內容？）

推薦文

【三個問號偵探團】＝偵探動腦＋冒險刺激＋幻想創意

閱讀推廣人、《從讀到寫》作者／林怡辰

「老師，你這套書很好看喔！我在圖書館有借過！」、「我覺得這集最好看，老師這本你可以借我嗎？」自從桌上放了全套的【三個問號偵探團】，已經好幾個孩子過來「關注」：刺激、有趣、好看、一本接一本停不下來。都是他們的評語。

是的，【三個問號偵探團】就是一套放在書架上，就可輕易呼喚孩子翻開的中長篇偵探故事，每一本書都是一個驚險刺激的事件，場景從動物園、恐龍島、幽靈鐘、鯊魚島、古老帝國、外星人……光看書名，就覺得冒險刺激的旅程就要出發，隨著旅程探險，案件隨時就要登場！

故事裡三個小偵探，都是和讀者年齡相仿的孩子，十歲左右的年齡，帶著小熊軟糖、到達祕密基地，彼此相助和腦力激盪；勇氣是標準配備，細心觀察和思考是破案關鍵；好奇加上團隊合作，搭配上孩子最愛動物園綁架、恐龍蛋的復育、海盜、幽魂鬼怪神祕、幽靈船的膽戰心驚、陰謀等關鍵字。無怪乎，這套德國出版的偵探系列，一路暢銷、至今不墜，也輕易擄獲眾多國家孩子的心。

最值得一談的是，在書中三個小主角身上，當孩子閱讀他們的心裡的話、思考的模式：正面、善良、溫柔、正義；雖有掙扎，但總是一路向陽。讀著讀著，正向的成長性思維和不畏艱難的底蘊，輕鬆遷移到孩子大腦。

而且，這套偵探書籍和其他偵探系列的最大不同，除了場景都有豐富的冒險元素外，敘述和文字掌控力極佳，翻開書頁彷彿看見一幕幕畫面跳躍過眼簾，細節顏色情感，讀來感嘆萬千。不只偵探的謎底和邏輯，文學的情感和思考、情緒和投入，更是做了精采的示範！

在細緻的畫面中，從文字裡抽絲剝繭，一下子被主角逗笑、一下子就緊張的捏緊了拳頭。理解、整合、思考、歸納、分析，文字量適合剛跳進橋梁書的小讀者，當成偵探小說的第一次接觸。在享受文字帶來的冒險空氣裡、抓緊了書頁，靈魂跳進了迷幻多彩的偵探世界，大腦不禁快速運轉，在小偵探公布謎底前，捨不得翻到答案：「解開疑問就是我們的專長！」怎麼可以輸給三個問號偵探團呢！

就讓孩子一起乘著書頁，成為三個問號偵探團的第四號成員，讓孩子靈魂一起在文字裡探索、線索中思考、找到細節解謎，享受皺眉困惑、懸疑心跳加速，最後較量著誰能提早解謎，在三個偵探團的迷人偵探世界翱翔吧！

推薦文
值得被孩子看見與肯定的偵探好書

彰化縣立田中高中國中部教師／葉奕緯

在破舊鐵道旁的壺狀水塔上，一面有著白藍紅三個問號的黑色旗幟，隨風搖曳著，而這裡就是少年偵探團：「三個問號」的祕密基地。

開頭便用破題的方式進入事件，讓讀者隨著主角的視角體驗少年的日常生活，也在他們推敲謎團並試圖解決的過程中逐漸明白：這是團長佑斯圖的「推理力」，加上鮑伯的「洞察力」以及彼得的「行動力」，三個小夥伴們齊心協力，冒險犯難的故事。

而我們未嘗不也是這樣長大的呢？與兒時玩伴建立神祕堡壘、跟朋友間笑鬧互虧、跟夥伴玩扮家家酒的角色扮演，和大家培養出甘苦與共的革命情感——我們都是佑斯圖，也是鮑伯，更是彼得。

從故事裡不難發現，邏輯推理絕不是名偵探的專利。我們只需要一些對生活的感知力，與一點探索冒險的勇氣，就能擁有解決問題的超能力。

某日漫步街頭，偶然看見攤販店家為了攬客而掛的紅色布條，寫著這樣的宣傳標語：「感謝XX電視台、○○新聞台，都沒來採訪喔！」看似自我解嘲的另類行銷，其實也在默默宣告著：「我們沒有強大的外援背書，但我們有被人看見的自信。」

【三個問號偵探團】系列小說，也是如此。

沒有畫著被害人倒地輪廓的命案現場、百思不解的犯案過程，以及天馬行空的破案手法等各式慣見的推理元素，書裡都沒有出現；有的是十歲孩子的純眞視角、尋常物件的不凡機關、前後呼應的橋段巧思，以及良善正向的應對態度。

或許不若福爾摩斯、亞森羅蘋、名偵探柯南、金田一等在小說與動漫上的活躍知名，但本書絕對有被人看見的自信，也值得在少年偵探類受到支持與肯定。

我們都將帶著雀躍的心情翻開書頁，也終將漾著滿足的笑容闔上。

來，一起跟著佑斯圖、鮑伯與彼得，在岩灘市冒險吧！

目錄

人物介紹

- 藍色問號：彼得·蕭
- 年齡：十歲
- 地址：美國岩灘市
- 我喜歡：游泳、田徑運動、佑斯圖和鮑伯
- 我不喜歡：替瑪蒂妲嬸嬸打掃、做功課
- 未來的志願：職業運動員、偵探、活到一百歲

紅色問號：鮑伯・安德魯斯

年齡：十歲

地址：美國岩灘市

我喜歡：聽音樂、看電影、上圖書館、喝可樂

我不喜歡：替瑪蒂妲嬸嬸打掃、蜘蛛

未來的志願：記者、偵探

白色問號：佑斯圖・尤納斯

年齡：十歲

地址：美國岩灘市

我喜歡：吃東西、看書、未解的問題和謎團、破銅爛鐵

我不喜歡：被叫小胖子、替瑪蒂妲嬸嬸打掃

未來的志願：犯罪學家

1

祕密基地

今天的岩灘市非常炎熱。也許還是今年最熱的一天。佑斯圖．尤納斯在打包的時候，額頭上都是汗水。

「潛水面鏡、呼吸管、薯片和一罐可樂。好了，該帶的都帶了！」他一邊想著，下樓梯時還一邊大聲的說出來。當他正要開門出去，身後有人大喊：「等一下，佑斯圖！」說話的人是瑪蒂妲嬸嬸。

真是的，無論如何都逃不出她的手掌心，佑斯圖心想。

「防晒油塗了嗎？」嬸嬸說。

「有，塗了。」他點頭。

「有帶麵包和水嗎？」嬸嬸擋在他和大門之間，繼續追問。

「有，帶了。」當然他的回答沒有一項是真的。

「那不要游太遠，不許對沙灘上的人惡作劇。這裡還有一條毛巾、防晒油和一顆蘋果，你帶著。雖然現在是暑假，但還是不要太晚回來。」

「好啦好啦，瑪蒂妲嬸嬸。」

「我差點就忘了，這邊還有一頂提圖斯叔叔的舊草帽。戴著就晒不到太陽了。太陽可是防不勝防哦！你看，戴起來剛剛好，好像是特別為你訂做的。」

帽子好醜！戴起來一定像稻草人。

佑斯圖走出門外，確定嬸嬸看不到他了，他馬上將頭上的草帽扯下來。當他打算把草帽塞進背包時，忽然想到可以把這個難看的東西藏在接雨水的大桶子後面。

「瑪蒂妲嬸嬸雖然是全世界最好的嬸嬸，但她總是不肯承認，我已經不是小嬰兒了。」他喃喃抱怨著，一邊騎上他的腳踏車，一路歪歪斜斜的前進。「可能全世界的嬸嬸都是這個樣子吧！」

黑色的柏油路在太陽下黝黝發亮。佑斯圖氣喘吁吁的踩著腳踏車的踏板。迎面而來的風吹在臉上涼涼的。這輛腳踏車是提圖斯叔叔送的；他從他的廢物回收場挑出五、六輛廢棄的腳踏車，用零件拼湊出來。而這輛車子看起來的確像是拼裝的：有銀色的、綠色的金屬，某些部分還是橘色的。但這車子有三段變速，這是最大的優點。

到達岩灘市的地名路牌之前，佑斯圖還得征服最後一個上坡。

「呼～～終於騎上去了！」他喘著氣。

從現在開始，一路都是下坡囉！他放開雙手，平舉手臂有如鳥的翅膀，讓腳踏車直直的衝下斜坡。要是瑪蒂妲嬸嬸看到的話⋯⋯

沿著馬路旁邊是一條舊火車軌道。生鏽的鐵軌藏在茂密的矮樹叢中，幾乎辨認不出來。前面不遠處、鐵軌分岔的地方，**咖啡壺**就在那裡。事實上**咖啡壺**只是一個給舊火車頭供水的水塔，它的大小跟四個電話亭差不多，它由一個巨大的木架支撐著，感覺就像坐在矮凳上。

水塔的底部有一根很粗的水管通往內部，管子上焊有一些水平鋼條。水塔旁邊接了一根可旋轉的管子，是以前火車頭用來接水用的。

從遠處看，這個水塔的形狀像極了一個巨大的咖啡壺，它的名字就是這麼來的。水塔的底部有一個小艙門，從這裡可以進到水塔內部。水塔內部的空間足夠容納三個人。大家可以在這裡發想計畫、收集可以換錢的瓶子和囤積好吃的小熊軟糖。咖啡壺不但是朋友聚會的地方，還是團體的總部、倉庫和祕密藏身處。

佑斯圖越過鐵軌直朝咖啡壺騎去。忽然間砰的一聲，「嘎吱嘎吱」，咖啡壺底下的艙門開了。先是一頭亂髮探出來，然後才看見臉。

「你總算來了，佑斯圖！我們熱得跟狗一樣，連舌頭都吐出來了。」

以頭下腳上的姿勢說話的是彼得・蕭，隨即鮑伯・安德魯斯的頭也出現在旁邊，他還用一隻手抓著眼鏡，免得眼鏡掉到地上。

「我們趕快離開這個暖爐吧！」鮑伯喘著氣順著鋼條爬下來。

「那麼，我們出發吧！」佑斯圖大喊。

現在三個人都到齊了：岩灘市的佑斯圖、彼得和鮑伯；三個好朋友，不怕困難險阻，勇往直前。「沒有什麼問題是找不到答案的」——這就是小偵探們的座右銘。

如果你看得夠仔細，就會發現，在咖啡壺上方有一枝黑色的旗子迎風飄揚。旗子上有白色、紅色、藍色三個問號。這就是「三個問號偵探團」的標誌。

2 黑色轎車

彼得第一個跳上他的腳踏車。鮑伯隨即跟上，用力踩動踏板。「最後一個到的人負責清掃沙灘！」他笑著說。

「你們等著看，我會後來居上的！」佑斯圖喃喃自語，緊跟在兩人之後。他們又騎回馬路上，仍是一路下坡。現在太陽已經高掛在頭頂。他們愈靠近海邊，海浪拍岸的聲音愈是清晰；空氣中的鹽味跑進嘴裡，鹹味也愈來愈重。他們利用下坡的衝力，躍上最後一座小山丘；

在山丘上他們看見遠處一望無際的深藍色大海。大海彷彿一張巨大的地毯，躺在他們的面前，溼溼涼涼的，只等著他們踩進來。

就在馬路轉彎的地方，一輛黑色轎車忽然從他們後面衝過來。

「小心！」佑斯圖大喊，他差點被黑色轎車撞到。轎車一邊大聲按著喇叭一邊轉過彎道，彼得只得跳車才僥倖躲開。

「這個人腦筋有問題！」鮑伯罵著，手指敲著太陽穴。

佑斯圖趕緊跑到彼得身邊，著急的問：「有沒有受傷？」

「還好，只是嚇了一跳。」彼得扶起他的腳踏車，一邊回答。「可惜沒有人把我的特技表演拍下來，這段影片絕對可以賣到好萊塢。」

他笑了笑。

「這傢伙不知道在急什麼！」鮑伯繼續罵，「警察應該把他的駕駛執照沒收，強迫他去坐公車。」

「你怎麼知道他是一個『傢伙』，而不是一個女人？」佑斯圖問，他捏著下嘴唇思考著。

「我真不敢相信！我們幾乎要被車子撞死了，你還有時間推理。」鮑伯用責備的口氣說。

雖然如此，佑斯圖的疑問還是有道理的：車子的速度太快，根本無法辨識駕駛人的性別。但是有一件事讓他印象深刻：黑色轎車的散熱器上，鑲嵌著一個黃底紅蠍子的標誌。這件事他放在心裡沒有說出來。他可不想再被鮑伯責罵了。

不久後，三個問號到達海岸邊，大家已經把剛才的驚嚇拋到九霄雲外。他們把三輛腳踏車一起鎖在一棵乾枯的樹幹上。從陡峭的岸邊往下看，在足足有五公尺深的底部，有一個鋪著白色細沙的迷你小海灣。大部分的時間這個小沙灘上只有他們三個人，因為幾乎沒有人有膽量下來。

「我們走吧！」彼得大喊，一邊在樹下的矮木叢裡翻找著，「有了，找到了！」他突然高興的大笑，手上多出一條堅固的粗繩。他們三個有一次在海灘上撿到這條繩子後，從此就把它當作上下攀爬的工具。這條粗繩可能是一艘漁船或者貨櫃船在某次暴風雨中遺落的。繩子的一端被牢牢綑在鎖腳踏車的樹幹上。彼得首先抓住繩子往

海岸下移動。接著是鮑伯，他在手心吐一口口水後，緊緊抓住繩子。

「如果桅繩斷了，大家就一起餵鯊魚吧！願守護神克拉褒特曼（註①）保佑我們！」他大聲唸著。鮑伯看過很多海盜電影，所以知道水手們稱這種粗繩為「桅繩」。

「我還是等你們都安全落地了，我再下去。」佑斯圖不太信任這條已經很老舊的粗繩；何況，他也不是三個人之中體重最輕的。

「彼得，來吧。我一喊，我們就一起跳下去。」鮑伯大叫。「進攻！」兩人在距離地面一公尺處一起放開繩子，跳進柔軟的細沙裡。

當佑斯圖懷著不安的心情、慢吞吞的爬下來時，彼得和鮑伯早就跳進白浪裡了。

註① 克拉褒特曼是德國傳說中的船隻守護神。據說他會跟水手或漁夫一起住在船上，幫忙船上的工作，並確保船隻的安全。

3

出現食人族

沙灘上的沙子非常燙，佑斯圖覺得他簡直是在燒紅的木炭上跑，腳都不知道要放在哪裡。

「快下水，佑佑！」鮑伯大聲叫他。「我把海裡的鯊魚都趕跑了！」但是佑斯圖走到水深及腰的地方就停下來了——如果要他游出去，他得再穿上一件T恤禦寒。

不久之後，三個人已經躺在他們的海灘巾上吃薯片喝可樂。輕柔

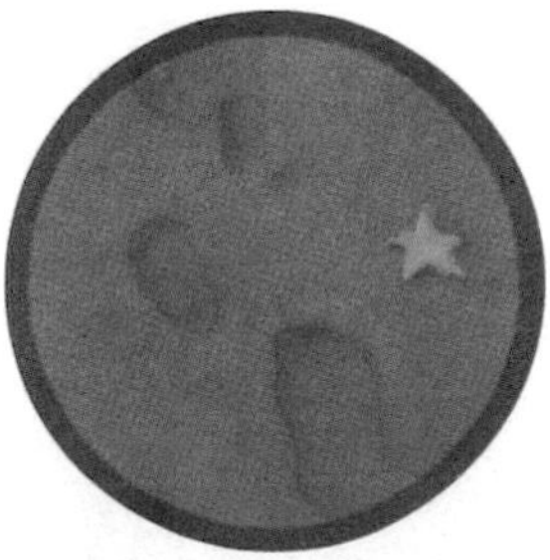

的微風溫暖的吹在他們身上，撫乾他們的頭髮。浪花在太陽的照耀下閃閃發光。

「水手其實是個不錯的工作。」鮑伯說。「可以出海好幾個月，待在船上什麼事都不用做，真棒！」

彼得附和著：「船上一定有電視，有桌球桌，一定也有很多冰涼的可樂。」

「我不覺得，我想船上的生活一定很無聊！」佑斯圖說。

鮑伯突然站起來，用雙手圍成一個圈放在嘴邊：「陸地，陸地，看見陸地！」

彼得也站起來加入：「所有船上人員注意，船要沉了！大家先救助老人和小孩……快！大家趕快登上救生艇！」他們坐到佑斯圖身旁，裝作划著救生艇逃命的樣子。

「一、一、一二一，快點，你們這些沒用的淡水水手（註②）！」佑斯圖對著兩人咆哮，「再不用力划，我們就要溺死了！這艘救生艇爛透了，到處都在進水！」

然後三個人假裝爬到沙灘上，精疲力盡的倒在那裡喘氣。

「終於到了！我們在海上辛苦了五天，終於又可以踏在堅硬的土地上。感謝海神保佑！」佑斯圖低聲呻吟著。

「沙灘上有腳印！這個島上不會有食人族吧？」彼得忽然大聲喊叫，假裝被嚇得魂飛魄散。

「吃人的——食人族！啊！」三個人亂叫一通，全都躲到毛巾下面了。

「他們應該先選佑佑，吃了他以後，他們就吃不下我們了。」鮑伯面向佑斯圖，打了一個飽嗝。

「對啊，因為如果吃的是你，他們就會得胃酸，好幾天都不能下海潛水！」佑斯圖反擊回去。

「為什麼食人族吃了鮑伯就不能下海潛水了？」彼得問。

「因為鮑伯很『空洞』（註③）！哈哈哈哈！」佑斯圖說出這句話後，大聲笑倒在沙灘上。

時間一小時一小時的過去，海面捲起的白浪規律的打上陡峭的海岸。風兒悄悄的轉涼了，浪頭的白色泡沫活潑的跳著舞。

彼得抓起一把細沙，讓它從指縫間流下。

「熱氣都快把我的腦汁晒乾了。」他邊哀嚎著邊喝光罐子裡的可樂。「佑佑好像也中暑了。」他笑著指指佑斯圖，而佑斯圖正把手上的漫畫書捲成筒狀，放在眼睛前面。

「你在做什麼？」鮑伯好奇的問。

佑斯圖·尤納斯就是在等這句話。他彷彿化身為歷史老師般解釋著：「古時候，人們在海上就是用這種紙筒當望遠鏡。我該怎麼跟你們解釋呢……啊！現在有一個緊急狀況！」

「怎麼了？有船沉沒了嗎？」鮑伯和彼得緊張的問。

「不是，比這個更緊急！」佑斯圖說。彼得和鮑伯很清楚他這種語氣代表著什麼，空氣中突然充滿了冒險的味道。「用一隻眼睛從這裡看出去，你們會很驚訝的。」

鮑伯把紙筒靠近他的眼鏡，眨著眼看著海面。「哦，哦，我看到了！海盜，海盜，到處都是海盜！我看到燃燒的船帆和格鬥中的武器。撐住，公主，我來了，我來救你了！」他又叫又笑的衝進水裡。

「給我，給我看！」彼得急急搶下「望遠鏡」。「我覺得我看到的一定更精采……」

「你有沒有注意到海浪之間一個小小的黑點？從我們一到海邊，我就在觀察它了。」佑斯圖突然若有所思的說。

鮑伯好奇的從水裡爬上來。三個問號踮著腳尖，眼睛直盯著遠處的海面。彼得還拿著紙筒望遠鏡看：「那個黑點在浪頭之間浮浮沉沉，不是很容易看到。看！在那邊！我很確定，它在移動！」

註②河湖是淡水，海是鹹水。「淡水水手」指的是只有在內陸河流、湖泊航行過，沒有在大海航行的經驗的水手。他們在險惡的大海中沒有用處。

註③「空洞」是雙關語，有兩層意思。一是暗示鮑伯「空洞膚淺」，沒有知識內涵，整個人「空空的」；既然鮑伯是空的，都是空氣，吃了他等於吃了滿肚子空氣，就只能浮在水上，潛不下去了。

4

海上的呼聲

「它在移動？」鮑伯不可置信的問。

「你自己拿望遠鏡去看。」彼得不太高興。

但是鮑伯根本不用看了。就在此時，三個人清楚的聽見從黑點的方向傳來一聲長長的、充滿怨恨的叫聲。

「那是什麼聲音？」彼得大吃一驚。「聽起來像是有人在叫救命！」

「我們必須趕快通知海岸巡防隊。」鮑伯激動的大聲說，急得團團轉。

佑斯圖望著海裡的白浪。「等到海巡隊趕到，那個東西早就被洋流帶到岩石那邊，被浪打成碎片了！」他說。

那個東西到底是什麼？

「那一定不是一個人。」佑斯圖慌亂的思考著，「如果那是一個人，他在求救的時候，一定會揮動雙臂。」

「也許他沒有手臂了。」彼得害怕的想像著，「你們都知道，鯊魚……」

「亂講！這裡從來沒有出現過鯊魚。而且，聲音聽起來也不像是人發出來的。」

彼得的驚恐沒有因此消失。「這樣不是更恐怖嘛……」他驚呼著。不管海上那個東西到底是什麼，它逐漸漂流到海岸的礁石群附近，呼聲更加清晰。

「我們必須做點什麼，」鮑伯大喊：「一定得立刻採取行動！」佑斯圖這時已站在及腰的水裡。「彼得，你覺得你有力氣游到那邊嗎？」他問。

「你瘋了！」彼得大叫。「誰知道那是什麼可怕的東西！而且，它也許根本不是在叫我們，而是在警告我們。」

「所以你游不了那麼遠？」佑斯圖再問他一次。

「我當然游得過去。只是……只是……」一個絕望的、痛苦的喊叫聲打斷了彼得。「吼，真是的！什麼壞事都輪到我。」他雖然生氣的大叫，卻毫不猶豫的跳進海裡。

「因為你最會游泳啊！」佑斯圖在他身後說。「你一揮手，我們就馬上去求救！」

後面那一句話彼得已經聽不見了，因為這時他一頭跳進一個大浪裡。他的確是最棒的游泳健將，而且已經受過多次救生員訓練。只是這次他要從水裡撈起來的，不是訓練用的假人，而是一個非人類、會叫喊會掙扎、不知名的東西。

彼得周圍的海浪不斷的翻湧，一直將他往回推。佑斯圖和鮑伯在沙灘上除了著急之外，什麼事也不能做；他們一直想把那個東西的方向指給彼得看，可惜他在海裡看不見。海浪推著他，讓他愈來愈靠近危險的礁岩；如果他沒有及時找到那個東西，他就必須回頭。

忽然一個大浪把他打進水裡，他的肩膀撞上一個堅硬的東西。他揉揉進了水的眼睛，雙手碰到某種硬物；他緊抓這個東西用力浮出水面，他的眼睛正好對上另一雙大眼睛。原來是一隻小海獅。可憐的

牠驚慌害怕的緊緊抓住一片快裂開的船板，像嬰兒一樣毫無方法的亂游。彼得與海獅的眼光相遇的那一刻，雙方似乎都鬆了一口氣——彼得是因為不必被不知名的怪獸吃掉；小海獅呢，是因為終於得救了。

「哈，你是誰啊？」彼得大笑，推著船板朝海岸的方向游去。當他游到離岸邊剩幾公尺，佑斯圖和鮑伯游過來迎接他們，一起把厚重的船板拖上沙灘。

「這是一隻小海怪嘛！」佑斯圖把小獸抱到懷裡。

鮑伯觀察了一會兒：「我覺得牠看起來比較像海獅。」

「牠是啊，小海怪就是海獅嘛，失去父母的小海獅。」佑斯圖說。

彼得和鮑伯一陣沉默。

他們知道，佑斯圖現在和嬸嬸瑪蒂妲以及叔叔提圖斯住在一起。他五歲的時候，他的父母在一場車禍中喪生。

「我們把你命名為『尤納斯』。」佑斯圖打破沉默，對著小海獅說。

「跟你的名字一樣嗎？佑斯圖・尤納斯？」鮑伯問。

「可以說是以我的名字命名，也可以說是來自聖經『約拿與鯨魚』（註④）的典故。」他大笑。彼得和鮑伯馬上同意了。

註④尤納斯（Jonas）與約拿（Jonah）的發音相似。聖經記載，約拿掉到海裡，鯨魚把他吞進肚子，游回岸邊，再將他毫髮無傷的吐出來。

5 孤兒尤納斯

佑斯圖把小海獅抱到他們放東西的地方，用自己的海灘巾把牠裹起來。小海獅的頭歪向一邊，一副筋疲力盡的樣子，眼睛對著太陽一直眨。

「牠需要一個陰涼的地方，還要保持身體溼潤。」鮑伯對動物的事很了解。三個問號趕快用海灘巾和船板搭起遮陽的篷子。

「要不是你，這隻小海獅早就撞上礁石沒命了！」佑斯圖說。彼

得一直被稱讚，不好意思到連耳朵都紅了。

「啊，小事情，沒什麼大不了！」他笑著說。「只要不要叫我把一艘船拖上岸，其他的事我甚至用一隻手都做得到。」

忽然，彷彿有人一聲令下似的，三人不約而同一起看向那塊船板。發生了這麼多事，他們幾乎把這塊板子給忘了。這塊板子是從某一艘船上來的嗎？小海獅是怎麼抱到這塊船板的？

佑斯圖搓著下脣一邊說：「我們假設，這隻小海獅來自岩灘市外海附近的淺灘。為什麼牠忽然離開那裡，又忽然找到這塊板子，跳上去，讓自己被海流沖走？」

「對啊！」鮑伯附和，「這樣的巧合很奇怪！幼獸通常都有母獸保護著。另外，我有一個疑問：這塊木板是從哪裡來的？你們知道這塊板子讓我聯想到什麼嗎？」

「我知道，」彼得回答：「讓人聯想到某艘船的一部分。事情一定是這樣的：有一艘船沉了，而船上原本載滿動物。」

「也許是馬戲團？」鮑伯繼續想：「船上滿載著動物，一不小心撞上暗礁，船沉了。所有的動物都跟著滅頂，只有這隻小海獅爬上一塊船板，救了自己。像《魯賓遜漂流記》裡的魯賓遜一樣。」

佑斯圖望著海面，好像在思考些什麼。

「你在觀察有沒有其他的生還者嗎？佑斯圖。」彼得問，同時用可樂罐裝水澆在小海獅的身上。

佑斯圖坐下，仔細的研究船板。「我不知道。這裡沒有證據顯示海上馬戲團的存在。事情也可能跟我們想像的完全不一樣。而且這塊船板非常老舊腐朽，它一定在海上漂流很長一段時間了。」

「難道是鬼船？」彼得大吃一驚。

「那種東西只有在古老的傳說中才有啦！」鮑伯說：「現在海上到處都有雷達和衛星監視著。」他會知道這些，是因為他的父親是一家報社的記者，不久前才針對這個題目寫過一篇報導。

「我們從小海獅身上問不出結果的。」佑斯圖解釋：「那麼我們的線索就只剩下這塊板子。如果我們仔細看，還可以辨認出幾處刮痕。也許這些痕跡具有某種意義。這裡有一個類似十字架的圖形，我們只要小心的將附著在板子上的貝殼刮掉，也許……」這時候，他被小海獅尤納斯的大聲啼叫打斷。牠頭抬得高高的，發出可憐的哀叫。

「我知道牠怎麼了，」彼得喊道：「跟佑斯圖一天到晚抱怨的事情一樣：肚子餓！肚子餓！」

「牠看起來好像已經好幾天沒有吃東西了。」鮑伯也這麼認為。

「也許牠會喜歡吃薯片？」他一問，自己就先笑了。

三個問號突然之間對這隻小海獅有了責任感。佑斯圖很想把牠帶回家收養。但當他一想到瑪蒂妲嬸嬸，就馬上打消念頭。

「我知道我們可以帶牠去哪裡！」鮑伯忽然大聲說。「老賴在這裡不是有一個私人動物園，專門照顧別人託養的動物。」

彼得覺得這個主意一點都不好。「那個瘋子老賴？難道沒有更好的解決辦法嗎？我跟爸媽去過他的動物園一次。那個人看起來很奇怪。你們知道他脖子上掛著什麼嗎？一條蛇！一條至少兩公尺長的蛇！這根本就是腦筋不正常啊！」

佑斯圖和鮑伯也聽說過這個怪人的一些怪事。雖然如此，老賴的動物園是唯一的辦法。彼得必須少數服從多數。

三個問號花了一些時間重新爬上海岸。最後一個爬上來的，是裹在海灘巾裡、大家一起合力拉上來的小海獅。

6

老賴的天堂

「哈哈，我們可不能把可憐的尤納斯綁在腳踏車後座。」鮑伯笑著說。

佑斯圖想到一個比綁在後座更好的主意。他清空他的背包，包裡的東西平均分配給彼得和鮑伯，然後小心的把小海獅裝進去。還好他沒有把提圖斯叔叔的草帽帶來，不然現在讓他們看到就糗大了。

他們解開腳踏車的鎖，三個人一起出發前往老賴的動物園。小海

獅尤納斯覺得一切都很新鮮，牠把頭高高的伸出背包，好奇的張望。彼得和鮑伯分別騎在佑斯圖的左右兩邊，輪流拿可樂罐不斷的往小海獅的頭上澆水。每次水一澆下來，小海獅似乎很高興，兩隻小手在袋子裡一直拍打。

「如果老賴不肯收留小海獅，我們怎麼辦？」彼得擔心的問。

「他一定會的。」鮑伯安慰他。「那個怪人的園子裡專收這類動物。我爸有一次不小心撞傷一隻兔子，也是馬上帶到老賴那裡去。他很願意照顧兔子直到牠恢復健康。」

「聽說兔子很好吃。」彼得自言自語。

「不要嚇唬我們啦！」佑斯圖大聲制止他。「老賴也許是一個奇怪的人，但是他絕不可能會吃海獅的！況且，除此之外我們也沒有其他的選擇。我不能把尤納斯帶回家。」他想像瑪蒂妲嬸嬸在浴缸裡發現尤納斯那一刻的表情，就忍不住想笑。

「我爸說，老賴曾經是一艘貨輪的船長。」鮑伯開始描述他所知道的故事。「有一天他的船沉了，他在海上漂流了十天才獲救。當時他乘坐的救生艇有破洞會進水，他必須日日夜夜把水舀出去，不能休息，不然小艇就會沉下去。不知道過了多久，他的體力撐不住了，無法再舀水，他咕嚕咕嚕的沉進水裡，就要溺死了。這時候一隻海豚游過來，把他推上水面。沒多久，他就被漁夫發現了。要是沒有那隻海豚，老賴已經不在這個世界上了。」

「真是不可思議！」彼得心想。

「從此之後，他發誓要救助每一隻有困難的動物。他把所有的錢拿出來，在這裡買了一塊地。他的收入就是訪客捐給他的錢，或者投進動物園飼料販賣機裡的錢。我爸說，黃昏的時候，他常常站在沙灘上，對著大海呼喊那隻海豚。」

老賴的私人動物園地座落在一條乾枯的河床上。河床兩邊是陡峭的岩壁，高聳的岩壁因此在動物園的兩側形成天然的界線。河床一路往前延伸，盡頭就是太平洋。在靠近大海的地方有一個岩灣。

從停車場到動物園園區入口是一條狹窄的沙子路。從這裡開始三個問號必須下車步行。

「快快快！尤納斯已經餓到翻白眼了！」

不久後，他們就站在園區入口巨大的木門前。兩邊是茂密的棕櫚樹和藤蔓，感覺像置身熱帶叢林深處。門的上方掛著一個大招牌，寫著：老賴的天堂。

7 陸上的船長

佑斯圖回頭看了一眼，發現一輛黑色轎車停在訪客停車場上。他腦中浮現紅色蠍子的圖案，很想立刻去察看這輛車上是不是有同樣的標誌。

「快來，佑斯圖，我們沒有時間了！」鮑伯推開動物園的大門，一邊大喊。

「這裡有蛇嗎？」彼得怯怯的問，緊張的低頭查看。

「以前有很多蛇，但是後來被鱷魚吃掉，就漸漸沒有了。」鮑伯取笑彼得。

彼得一點也不覺得有趣。「我才不相信！我很怕蛇，這裡看起來就像是有很多蛇的樣子！」

眼前的路一直往叢林深處延伸；愈往前走他們頭上的葉子愈茂密，把陽光都遮住了。有一段路是直接在岩石上鑿出陡峭的樓梯，不平穩的地面讓背包裡的小海獅被震得頭昏眼花。穿過叢林，眼前馬上一片光明，三個問號站在開闊的林中空地上。

「原來這裡就是老賴的天堂！」佑斯圖看到眼前的景象，忍不住驚歎。

這裡到處都生長著具有濃厚異國風情的果樹，巨大的蝴蝶在陽光下飛舞。空地中間還有一條活潑的小河嘩啦啦的流過。除了這條小河外，很久以前流經這裡入海的大河，沒有留下任何痕跡。動物園裡既安靜又詳和。現在是黃昏時刻，最後一批遊客正要離開。

「看，前面有一隻大烏龜！」鮑伯大叫。「我敢打賭，牠的身體大到可以讓我騎上去。」

大烏龜緩慢的轉頭看著這三個小孩，好像在說，嘿，孩子，我吃過的草可比你們吃過的米還多哦！然後又慢慢的轉回頭去繼續吃草。

「牠可真鎮定悠閒，」佑斯圖心想：「就像提圖斯叔叔一樣。」

鮑伯突然間大笑起來。「這是什麼動物？真好笑！我還沒有見過

這麼滑稽的東西。看起來像是一隻泰迪熊，只是鼻子換成一條小黃瓜。不對不對，我還有更好的比喻——像七十歲的佑斯圖！」他指著佑斯圖臉上圓圓的鼻子大笑。

佑斯圖生氣了，他伸出手指著那隻猴子說：「那是一隻長鼻猴，你這個傻瓜！」這隻猴子看起來的確很有趣，牠突然抓住佑斯圖的手搖一搖，好像在跟他打招呼。

「牠可以去馬戲團表演了。」彼得說。

「你是說哪一個？」鮑伯指指佑斯圖，又指指長鼻猴，笑到肚子疼。

「不要鬧了，我們得趕快找到老賴，不然小海獅要餓死了！」佑斯圖生氣的說。

就在這個時候，從另外一邊傳來叫聲：「尤納斯……尤納斯。」聲音很沙啞。

「那是什麼？」彼得又嚇了一跳。

「聽起來像是瑪蒂妲嬸嬸在叫我。」佑斯圖開玩笑的說，一邊往聲音的來源走。

「瑪蒂妲……瑪蒂妲嬸嬸……」聲音又再度響起。

「那邊！」鮑伯大喊，「叫聲從那裡來的。」他指著一個籠子。

果然，籠子裡有一隻小小的、黑色的鳥，嘴喙是黃色的。籠子下面有一個牌子，寫著「名字：貝歐。牠是一種會說話的鸚鵡」。籠子旁邊有一臺飼料自動販賣機。

「多嘴婆！多嘴婆！……瑪蒂妲嬸嬸……」籠子裡的鳥講個沒完。

「來，貝歐，你照著說：老賴腦筋不正常。」鮑伯輕聲教牠。「說啊，『老賴腦筋不正常』。」

「誰腦筋不正常？」一個低沉的男子聲音突然響起。

三個問號轉身尋找聲音的來源，正好和老賴的眼睛碰個正著。這隻老海熊一臉灰白的落腮鬍，頭戴船長帽；最讓彼得害怕的是他脖子上纏繞著一條蛇，足足有兩公尺長！

「我只是……我想……」鮑伯開始結結巴巴，「我只……是……想……」

「你只是想什麼？」老賴的臉色猙獰。

「我只是想看看，那個貝歐……貝歐……我說的不是您……喔……嗯……」鮑伯很想拔腿就跑。

「哦，這樣啊，原來老賴的腦筋不正常。」老賴的嘴在鬍子叢中蠕動著。他分別打量面前的三個年輕人，一邊慢慢把菸斗從嘴巴裡拿出來，掛在腰帶上的捐獻箱匡噹作響。

「你們這幾個頑童的嘴巴真壞。」他大笑。

「……我們帶來一隻小海獅，牠快餓死了。」佑斯圖鼓起勇氣，把他們前來的目地說清楚。他們緊張到差點忘了小海獅的存在。佑斯圖小心的把牠從背包裡抱出來。

「啊，這個小傢伙真是可愛！」老賴伸手撫摸小海獅的頭。佑斯圖正想開始講述事情的經過，老船長馬上打斷他。「等一下再說。我們首先要做的事，是好好的給這小東西喝水。來吧，跟我進屋！」

他們走了幾步路，來到一個看似風一吹就會倒的小茅屋前。屋子外面有個用木材鋪成的走廊，廊上擺著一張搖椅。從走廊的一邊看過去是被茂密植物包圍的動物園，另一邊則是一望無盡的太平洋。

「這是寒舍，請進。」老船長微笑著幫他們打開嘎吱作響的木門。

8

獵猴行動

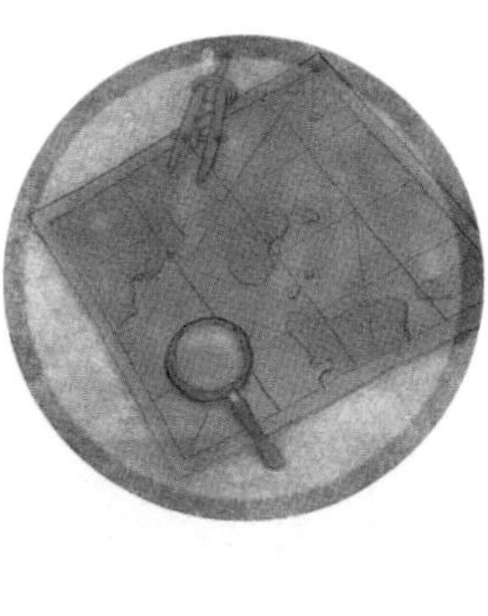

屋子裡很陰暗。三個問號需要一點時間，眼睛才能適應裡面的光線。屋內只有一個小小的房間，屋子中間擺著一張桌子和四把椅子。角落站著一座用磁磚裝飾的壁爐，上面裝有一個煮東西的爐子，還有一個窄小的煮飯空間。四周的牆上掛滿了不知名的物品，讓三個問號眼花撩亂，不知道從哪裡看起才好。幾隻鯊魚標本、幾張漁網、一個生鏽的船錨、幾盞煤油燈、捕鯨的鏢槍、幾張航海地圖、一些舊航海日誌、一副望遠鏡……等等。

「年輕人，你們盡量看吧。牆上掛的每一件東西我都有故事可以講。但我還是先餵飽我們的小朋友。」老賴把纏在脖子上的蛇拿下來，放進壁爐旁邊的一個箱子裡。彼得的目光片刻都不敢離開那條蛇。

「你們不用怕這條蛇，如果你想的話，還可以去摸摸牠。牠是一條沒有毒的蟒蛇。」船長的話絲毫沒有安慰到彼得。

老賴在他的一堆鍋碗瓢盆中翻找，終於找到一枝小奶瓶。「我們得讓小傢伙慢慢的再強壯起來，給牠喝溫牛奶是最好的辦法。然後牠就可以吃點魚漿或者貝殼肉。」

雖然佑斯圖總是聽到食物肚子就餓了，但是這次卻讓他倒盡胃口。

「來，小子們，餵一餵你們發現的小可憐吧！」老賴說著把奶瓶塞進佑斯圖的手裡。「先把小海獅抱在懷裡，用另外一隻手托著牠的頭。」小海獅貪婪的猛吸牛奶。

「從現在開始，你就是我們的尤媽媽了！」鮑伯大聲取笑佑斯圖。

「好了，現在你們可以告訴我，你們是怎麼發現這隻小可愛的？」老賴問。他很認真的傾聽，一邊給菸斗重新裝填菸絲。

「這是個很棒的故事。」三個問號把事情經過說完後，老賴稱讚著。「我泡了一壺好茶獎賞你們。你們喜歡喝茶吧？」

「喜歡！喜歡！」鮑伯誇張的直點頭。「在夏天喝熱茶是最過癮的了！」

「正是！」船長咧嘴笑。「茶是最棒的。我要給自己加點蘭姆酒進去，至於你們呢，每個人有一塊蛋糕配茶。」他把一個黃銅茶壺從爐上拿下來，給每個人的茶杯裡倒進熱茶。每個茶杯都有它獨特的模樣。鮑伯的茶杯肚子圓圓的，沒有握柄。

「所有的東西都是我在旅行時收集來的。這些都是舊東西，但是不知怎麼的，我就是無法捨棄它們。」老賴往後靠著椅背，點燃他的菸斗。「我也曾經像你們這些小伙子一樣，總是哪裡有熱鬧可湊，就去哪裡湊熱鬧。」

「湊熱鬧？什麼意思？」彼得傻傻的問。

「這是大人的說法，意思是去管不該管的閒事，而且總是在尋找下一件閒事。我呢，為了湊熱鬧管閒事，差點失去左腿。不過，這又是另一個故事了。」老賴說。

「放心！如果我們三個去『湊熱鬧』的話，我們會照顧好自己的。」鮑伯保證著，一邊端起一個奇怪的茶杯，喝了一口熱茶。

「你要小心一點，可不要因為驚嚇過度，手一鬆把這個杯子打破了。它可是無可取代的！」

「為什麼？這杯子難道是金子做的嗎？」鮑伯開玩笑的說。

「哈哈哈，當然不是，比金子貴重多了。這個杯子是用人的頭顱做的。」

鮑伯大吃一驚，用手遮住嘴巴。他的胃禁不住一陣翻攪，他二話不說，跳起來馬上衝向門口。

「哎唷，別慌別慌，跟你們開玩笑的！」船長大笑。但是鮑伯什麼也聽不進去了。他用力拉開門，衝了出去，正好撞上長鼻猴。長鼻猴高聲尖叫，嘴角還吐著白沫。

「君寶不太對勁！」船長喊道。那隻猴子突然伸出雙手，掐住鮑伯的喉嚨，把他摔在地上。

「我們趕快去救他！」佑斯圖非常著急。就在這個時候，那隻猴子已經從大門跳進屋子了。有好一會兒，大家都呆住不知如何是好。

「孩子們，慢慢的站起來。」船長輕聲的說。

佑斯圖和彼得緩慢的從椅子上抬起屁股，背對牆壁站著。猴子像發瘋似的往桌子的方向衝過來，牠把桌子高高抬起，轟的一聲往旁邊丟。牠的眼睛流露一股野性，白色的唾沫從嘴裡一直流到胸前的毛皮上。接著牠伸出長長的手臂，往佑斯圖和彼得的方向走去。就在他們兩個快被抓到的時候，船長拿起掛在牆上的漁網，朝猴子衝過去。

「趕快出去！這張漁網可以困住君寶一會兒。快跑，能跑多快就跑多快！」他一邊下命令，一邊把漁網朝憤怒的猴子頭上撒去。猴子氣極了。佑斯圖、彼得和船長飛快的衝出大門，把倒在地上的鮑伯扶起來。

「糟糕，猴子已經掙脫漁網了！」彼得指著茅屋邊喘氣說。屋裡傳出乒乒乓乓、東西被摔破砸碎的可怕聲音。船長正想要去把門關上，猴子已經又衝出來了。

「趕快逃命去吧！孩子們！離開這裡！」船長一聲令下，四個人拔腿狂奔。「我們必須分開跑，不然大家會一起完蛋！」

四個人於是各選一個方向跑去，猴子頓時不知所措的呆住了。

「成功了！」彼得高興的說，雖然他喘到幾乎無法呼吸。沒想到他一說話，立刻吸引猴子的注意。「糟了，君寶跟在我後面！」他低聲抱怨，雙腳繼續賣力的往前奔跑。

「快點，」船長大喊：「趕快爬上前面那棵大樹！」

幾秒之後，鮑伯、佑斯圖和老賴都已經坐在大樹粗壯的枝幹上。

只有彼得還在沒命的奔逃。他大步大步的躍下山坡，感覺猴子的利齒已經快要咬到他的脖子了。

「彼得，跑啊，跑快一點！」佑斯圖緊張的緊緊攀住樹枝。猴子嘴裡噴出的唾沫愈來愈多，憤怒的吼聲震動整個園區。牠和彼得的距離愈來愈近。彼得慌張的想要轉彎，沒有注意到地上的樹根；他被樹根絆倒，翻了一個跟斗摔到草地上。猴子朝他一撲，抓住他的腳，把他甩過來又甩過去。

正當佑斯圖、鮑伯和船長要去救他的時候，他一個飛踢，踹中猴子的肚子。

「快到這邊來！」鮑伯大叫。彼得掙扎著站起來，往山坡上跑。

「再幾公尺就到了，加油！」就在鮑伯說話的時候，後面的猴子又已經追到彼得的腳踝邊了。

「快！把手伸給我們！」佑斯圖說。他和鮑伯、船長一起合力把極度疲憊的彼得拉上樹。

「我不行了……完全沒力了……這件事到此為止……」彼得呼吸急促，「劃下句點，結束，完畢！」

「好了好了，你辦到了！我們在這上面，牠抓不到我們的。」佑斯圖安慰他。

「這可不一定，」鮑伯接著說：「除非君寶不會爬樹。但是大家都知道，沒有猴子是不會爬樹的。」

這時候，樹下的猴子卻開始一腳高一腳低，走路搖搖晃晃。接著牠翻了個白眼，倒在地上。

「牠死了嗎？」佑斯圖吃驚的看著船長。

「沒有，放心。」船長說：「牠睡著了，我聽得到牠的鼾聲。奇怪，這整件事真古怪……」

佑斯圖忽然想到小海獅。

「尤納斯！」他叫出聲，「我們把牠忘在屋子裡了！」

9

海盜來了！

佑斯圖一躍，從樹上跳下來。

「小心！」彼得在他身後擔心的說：「要是君寶醒了，怎麼辦？」

這時佑斯圖已經跑到屋前，拉開大門。屋裡到處都是破盆爛碗，椅子凌亂的翻倒在地上。「尤納斯，你在哪裡？」他呼喊著小海獅的名字。

蟒蛇還在箱子裡，似乎在安睡……或者正在消化胃裡的食物？

正當佑斯圖感到害怕時，小海獅從廚房的櫃子下面鑽出來。牠的頭上沾著從櫃子裡翻落下來的果醬，小小的鰭肢高興的拍打著。

「原來你在這裡！」佑斯圖開心的抱起小海獅。

「我不明白。」喃喃自語的船長和其他人這時候也走進來了。「這隻猴子是我從小養大的，一直很溫馴。牠從來沒有攻擊過人。我不明白……」

「別著急，」佑斯圖說：「所有發生的事情都有它的原因。」

屋外的太陽慢慢下山，三個問號決定先回家。老船長答應晚上照顧小海獅，明天一早他們再過來。從現在開始，尤納斯在老賴的洗衣籃裡有一個柔軟的窩。

「如果尤納斯有什麼狀況的話，請您打電話聯絡我們。這是我嬸嬸家的電話號碼。」

佑斯圖回到家的時候，天幾乎已經全黑了。

「你終於回來了！」瑪蒂妲嬸嬸馬上發難。「你知道我們有多擔心嗎？提圖斯叔叔已經準備要開車出去找你了！」

「沒有這麼誇張啦。」提圖斯叔叔在客廳聽到，趕快出聲安慰他。

佑斯圖試著編一些藉口，但是他實在太累了，就回房間休息。他打了一個大大的呵欠，倒在床上，拉過被子蓋住頭。他就這麼躺著，突然間，他的眼前出現一片大海，海上白浪滔滔。他的床似乎變成一艘小漁船，隨著一陣陣海浪開始搖晃。他夢見無邊無際的大海。艷陽高掛，無情的直射在他的頭上，他的喉嚨感覺到一陣乾燥，彷彿一摩擦就會著火。他好渴。一群飢餓的鯊魚圍繞在他的小漁船四周。但天無絕人之路，海平面的盡頭出現一張帆。哦，不是一張，是很多張！天啊，是一艘巨大的帆船！

「救命！」佑斯圖大聲呼救。「救命啊！救救我！」果然，大船朝他開了過來。船愈近他看得愈清楚，那是一艘所有的船帆都張開的三桅船。忽然間他看到一樣東西，讓他的血液一下子凍結：一面黑色的旗子，上面有一顆骷髏頭，或者，那是一隻蠍子？站在甲板上的，是戴著眼罩的獨眼老賴。

「哈哈哈，我們的收穫可不少！」老賴高聲大笑，手指著一個很大的鍋子。「這一個挺肥美的，不像這兩個男孩沒什麼油脂。」所謂這兩個男孩指的是彼得和鮑伯，他們已經下了鍋，在滾水裡掙扎。

「救我們，佑斯圖！」兩人哀叫。「他們是食人族！」

佑斯圖在床上翻來覆去，整夜做惡夢。他夢見骷髏頭、巨大的八爪章魚、吃海獅的大蛇和金銀島的冒險。

10

棕櫚樹下的眼淚

隔天早晨，佑斯圖一反常態，被瑪蒂妲嬸嬸叫醒的時候沒有絲毫不高興。

「幾點了？」他緊張的問。

「快九點了，而且你馬上給我去洗澡、吃早餐，然後……」接下來的話佑斯圖已經聽不到了，因為他早就一溜煙跑出了房間。

不久後，他和彼得及鮑伯在咖啡壺碰頭，然後一起出發去動物園。

「你們終於來了！」船長出來迎接。「我擔心死了！」

「我們的小海獅怎麼了嗎？」佑斯圖擔心的說。

「沒有，牠好得不得了。是君寶讓我很焦慮。」

「這隻猴子也讓我很焦慮。」彼得低聲嘀咕。

「德萊福醫生正在檢查牠的狀況。跟我來吧！」老賴把他們三個帶到一個岩洞前，洞口有一個柵門，旁邊掛著一枝大鑰匙。

「本來我是要把君寶養在這裡面，但是牠那麼乖巧溫馴，所以我總是讓牠自由行動。這個洞穴我就拿來當成儲藏室。但是現在還是把牠關在這裡比較好。」

佑斯圖注意到，洞頂有一個「天窗」，下面連接一條狹窄的通道。

對一隻長鼻猴來說，通道口太小，牠無法從那裡出去。

那隻猴子肚子朝上，躺在洞穴的中央。德萊福醫生正彎腰替牠作檢查。「我無法解釋牠的病因，」他說：「牠現在比較好了，但是昨天的發作情形……」

「君寶得了狂犬病嗎？」佑斯圖立刻接著問。

「不是。絕對不是狂犬病。狂犬病徵不會出現牠舌頭上這種黃色斑點。但是有一點相似性：具攻擊性、嘴邊有白色唾沫。有些植物或水果也會引發這些特性，但是這些植物和水果根本不生長在我們美國加州。」

「我只餵牠吃香蕉和新鮮的水果，而且是最好的。」船長插嘴。

「我知道。」獸醫說：「等一下我有兩個助理會過來。他們來搬運這隻猴子到我的實驗室，在那邊我可以更仔細的觀察牠。但是我必須先告訴你，如果我們查不出來牠到底有什麼疾病，我們也不允許牠再回到動物園。我很遺憾，但請為動物園訪客的安全著想。」

「這是什麼意思？」鮑伯不安的問。

「我們必須找其他的地方安置牠，這可能很不容易。如果找不到地方，那麼牠就必須……很遺憾……」德萊福醫生並沒有把話說完。

「但是我們對牠很有信心。明早我會再幫牠檢查。我走了，再見。」

老船長走到長鼻猴的身邊，整個人垮坐在地上。他輕輕的撫摸牠的頭，想餵牠吃點東西。「你呀，怎麼闖這麼大的禍，小鼻子。你本來連一隻蒼蠅都不敢傷害的，現在你到底怎麼了？我真是不明白。」

三個問號覺得讓他們兩個獨處一會兒比較好，就決定去看小海獅。老賴在他的茅屋前擺了一個舊浴缸，尤納斯正興奮的在裡面玩水。

「至少牠過得還不錯。」鮑伯也替牠感到高興。

「老賴好可憐。」彼得說：「動物園就是他的生命。沒有動物的話，就不會有訪客來；沒有訪客，就沒有捐款；沒有捐款他怎麼付醫藥費給獸醫呢？」

突然，他們聽見老賴大喊：「小子們，你們在哪裡？趕快來，我需要你們的幫助！」

他們一聽馬上跳起來，往船長的方向跑去。從遠處他們就已經看見發生了什麼事：有一隻大烏龜四腳朝天翻倒在地上，老賴正使盡力氣想把牠翻正。

「快，幫我一下。我們把牠翻過來的時候，我需要一個人小心的扶著牠的頭。」他高喊。所有的人都伸出手去搬動烏龜，幫助牠重新站起來。「再去提一桶冷水來！」船長一叫，彼得已經像箭一樣快的衝出去。

「大烏龜四腳朝天動彈不得，在大太陽下已經曝晒很久了。牠雖然還活著，但是很有可能中暑了。我如果沒有及時發現牠，恐怕牠的性命不保！」老賴說。

大烏龜長長的脖子癱軟在地上，一動也不動。

「水來了，水來了！」彼得放下水桶，用水一滴一滴的溼潤烏龜的頭。

「幸好牠命大。但是我真的不明白，怎麼會一下子發生這麼多事情！」老賴無助的說。

佑斯圖又下意識的捏著自己的下嘴脣，這表示他在思考。「老賴船長，您想，大烏龜有可能自己摔到四腳朝天嗎？」

「絕對不可能，」船長回答。「你們也看到了，牠可不是普通的重。要牠自己翻身，完全不可能。」

粗壯的老海熊坐在地上，像小孩一樣無助。他的動物園裡有四個明星：溫馴的長鼻猴、巨大的陸龜、會說話的鸚鵡貝歐和大蟒蛇。

「如果貝歐和大蟒蛇也發生什麼事的話，我就完了！沒有牠們，就沒有人願意來動物園玩；沒有人來玩，我就沒有經費照顧動物了。」

老人把帽子拿下來，掏出一條手帕往臉上擦。有好長一段時間，大家都沉默不語。

突然間，佑斯圖站起來。「我敢說，這裡發生的這些事，都不是巧合！」他的語氣中帶著堅定。

「什麼？」鮑伯和彼得同時驚呼。

「我甚至非常確定。這些事裡有太多疑問，而所有疑問的答案都是同一個。」

「沒錯！」鮑伯也站了起來。「這裡一定存在著某種陰謀。而這個陰謀是什麼，我們一定要把它找出來。」

彼得站到他的兩個好朋友身邊，說：「相信我們，解開疑問就是我們的專長！」

11

藏寶圖和幽浮

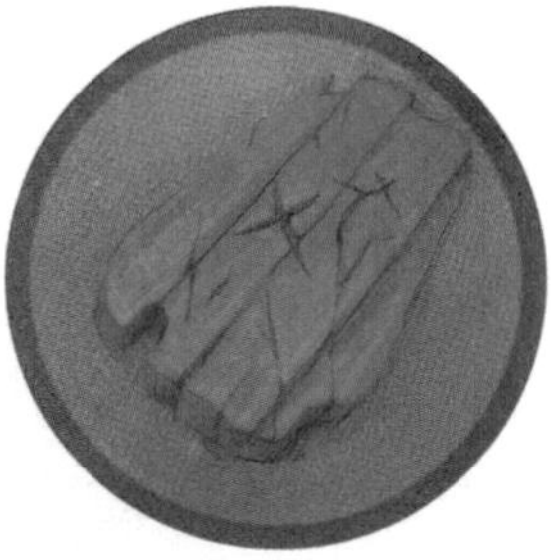

三個問號留下老賴照顧他的新病人，就穿過茂密的樹林往回走。

「佑佑，」彼得問：「你要去哪裡？」

「我還不清楚。但是我不想在老賴面前討論這件事。我之前說過，我不相信『巧合』這種事。」說著說著，他們已經走到了園區入口停腳踏車的地方。

「來，我們整理一下這兩天發生了什麼事：首先，我們從海上救起尤納斯；然後，猴子發瘋生病了；再來，大烏龜突然無緣無故四腳朝天。」佑斯圖說。

「這些都是單一事件啊，彼此看起來沒有關聯。」鮑伯說。

「剛開始看也許是，」佑斯圖繼續說下去，「但什麼事都有可能發生。也許大陸龜也瘋了，動物一發瘋，就會產生很大的力氣。牠自己把自己翻過來也是有可能的。」

「這和我們的尤納斯有什麼關係呢？」彼得有點害怕。

佑斯圖顯得有點激動：「你看，我們根本不知道尤納斯是從哪裡來的。牠一到動物園，就有兩隻動物生病了。這該怎麼解釋呢……也許牠身上有傳染病？這只是我的推論。」

「那為什麼尤納斯自己都沒事？」鮑伯問。

「牠的身上也許有抗體。牠不會發病，但是會傳染給別的動物。」

這個想法讓大家毛骨悚然。小海獅身上帶著傳染病毒？如果是真的，那該怎麼辦？獸醫會怎麼處理牠？

「這裡面有太多也許，太多問號。」彼得忽然說。

「所以我們去找那個唯一的答案吧！」佑斯圖說：「我們的小海獅雖然不會說人話，但是跟著牠來的還有一件東西可以幫助我們。」

「那塊船板！」彼得和鮑伯異口同聲的說。

不久，三個問號又回到了撿到小海獅的海岸邊。

「希望海潮沒有把它帶走。」爬下沙灘的時候，佑斯圖擔心的說。

「它還在，我看到船板在那邊！」彼得指向某一處。

果然，船板還在昨天那個位置，完全沒有移動過。

「我們必須詳細檢查，絲毫不能馬虎。」鮑伯撿起船板，把上面的沙子用力吹掉。它是用很重的木頭做的，而且似乎年代久遠。

「它看起來像是一艘破船的一部分。」彼得說：「我們最好把黏在木板上的藻類和貝殼刮乾淨，才好辨認板子上有沒有線索。」

他們花了整整兩個多小時清除木頭上的附著物。他們用堅硬的小樹枝刮除黏著在木頭上的硬殼；最後，一塊乾淨的木板終於出現在眼前。

「這上面都是一些刻痕。如果從這個方向看，似乎是一張地圖。」

鮑伯說。

「如果從這裡看，像是一個骷髏頭。也許這是一個警告標誌！」

彼得嚇得倒退一步。

「也有可能是我們不認識的文字。」佑斯圖猜測。

他們一直東猜西猜，不斷有新的想法冒出來。這些刻痕有時候像鯊魚的齒印，有時候又像幽浮的烙印。

「光是這樣猜想沒有什麼用。」佑斯圖疲倦的踢了一下船板。「我們還是一無所知。也許這塊板子上的東西根本就無關緊要。我們先回家吧，要不然瑪蒂妲嬸嬸又要叫巡邏警察來找我們了。」

三個問號連笑一下的力氣都沒有，垂頭喪氣的回家了。

12

紅色警戒！

佑斯圖剛要上床睡覺，就聽見樓下的電話鈴響。

「佑斯圖，找你的哦！」提圖斯叔叔在樓下喊他。

佑斯圖跑下樓，拿起話筒。「喂，我是佑斯圖‧尤納斯。」

「佑斯圖，我是老賴。你們趕快來，這裡又出事了！我真的不知道該怎麼辦！我完蛋了！」船長聽起來似乎已經崩潰了。

佑斯圖正想問個清楚，瑪蒂妲嬸嬸走過來：「這麼晚了，是誰打

來的？」

佑斯圖立刻回答：「鮑伯問我，今天晚上可不可以去他家過夜？這樣我們明天一早就可以一起去沙灘玩。」

瑪蒂妲嬸嬸拉拉自己的耳朵，考慮了一下：「好吧，趕快出發，免得太晚了！」

「好，我馬上就到！」佑斯圖對著話筒喊，然後掛斷。話筒的另一邊，摸不著頭腦的船長還對著電話說：「喂，喂喂？你還在嗎？真是淘氣的小孩！」他藏在鬍鬚裡的嘴巴蠕動著。

佑斯圖快跑上樓進他的房間，在床底下東摸西找，拉出一個探照燈。這個探照燈是提圖斯叔叔送的，獎勵佑斯圖幫忙收拾廢棄場。從那時起，這盞燈就成為三個問號偵探團的特殊裝備。他小心的把探照燈搬上窗臺。天幾乎已經全黑，當佑斯圖把燈打開時，一道狹窄但非常強烈的光線射向天空。岩灘市有一個教堂尖塔，塔上有一個鑲著十字架的金球。佑斯圖的光束正是射在這個金球上。對鮑伯和彼得來說，這是一個祕密訊號，表示「緊急狀況！即刻在咖啡壺集合！」

三個問號偵探團的每個成員都能從自己的房間看到教堂尖塔。他們約定，每天晚上睡覺前的最後一件事，就是一定要往教堂的尖塔看一眼。如果緊急情況真的發生了，他們約好跟家裡交待的藉口是：佑斯圖去鮑伯家過夜，鮑伯去彼得家，而彼得則在佑斯圖家。這樣一來，鮑伯和彼得的父母還有瑪蒂妲嬸嬸都不會擔心，而他們也可以不受打

擾的做他們想做的事。

最後一個到達咖啡壺的是鮑伯。他爬上梯子，從底部的入口把頭伸進去。佑斯圖和彼得正坐在舊床墊上。正中央擺著一盞煤油燈，照亮整個空間。

「發生了什麼事？」鮑伯緊張的問。

「我們還不知道。」佑斯圖說：「但一定是什麼糟糕的事，老賴才會打電話給我。」

「是小海獅怎麼了嗎？」鮑伯覺得非常不安。

「希望不是，」佑斯圖說：「但是我們應該要有萬全的準備。快點，我們要行動了！」

三個問號為了應付這類的事情，早就在祕密基地藏了他們需要的工具。彼得把三個手電筒和一個望遠鏡放進背包裡。鮑伯則負責小東西，像是鐵絲、老虎鉗、繩子和食物補給。食物補給的內容有一袋快吃完的小熊軟糖、餅乾和兩瓶不冰的可樂。

佑斯圖還準備了放大鏡、指紋粉以及一切偵探辦案所需的工具。

「走！」他大喊：「老賴在等我們！」

當他們從咖啡壺爬下來時，天色已經黑了。在遠處的西邊還看得到一抹太陽下山後遺留的紅霞。空氣仍然很暖和，聞起來有塵土、乾燥的草和一絲冒險的味道！

13

動物危險了！

不久，三個問號已經站在老賴的天堂大門前。叢林裡傳出屬於夜晚的聲響。一隻蜥蜴正用緩慢的速度進行捕獵，尋找犧牲品。從遠處太平洋傳來的，是一陣一陣規律的浪濤拍岸聲。

「我們也可以從家裡打電話給老賴啊，不用親自跑來吧！」彼得很害怕，但是佑斯圖和鮑伯已經打開大門。

「彼得，把手電筒拿出來。不然，我們說不定會踩到一條蛇。」

鮑伯說。

彼得一聽，馬上閉嘴，乖乖的把手電筒拿出來，打開開關，照亮他們要走的路。他們一步一步小心翼翼的在原始的森林裡前進。眼前狹窄的小道一路都是下坡。佑斯圖必須不時把旁邊的樹枝折斷，免得眼睛被刺到。突然他被地上的樹根絆倒，失去重心，往下滑了幾公尺。當他穩住腳步想重新站起來，一隻強壯的手抓住他的手臂。

「你們終於到了！」一個低沉的聲音說話了，原來是船長。

「原來是您，嚇死我了！」佑斯圖說話的時候甚至有點結巴。他接著對上面兩個人說：「沒事，我很好。船長也在下面。」

「你們知道怎麼了嗎？」船長很激動：「我的貝歐也遭殃了！」

「牠死了嗎？」鮑伯一臉驚恐。

「沒有，牠只是飛走了。我真的不知道該怎麼辦了。來，我們進屋再說。」

不久之後，他們四個人再度坐在桌旁喝著熱茶，這次鮑伯拿到跟上次不一樣的茶杯。

「好，」船長開始敘述整件事，「首先，你們的小海獅非常健康快樂。」佑斯圖聽了鬆了一口氣。

船長接著說：「但是，今晚我巡視時，發現貝歐不見了。通常我會朝牠籠子的方向喊：『晚安，傻鳥兒！』牠聽見了會回答我：『晚安，老頭！』但是這次什麼聲音都沒有。我趕快跑去看籠子，啊！我該說什麼呢？空了，籠子裡空空的！牠不見了！」

「不見了？怎麼不見的？」佑斯圖追問。

「就不見了啊！籠子的門還是關著的，但是裡面空了。籠子的門也都鎖得好好的，鳥怎麼可能從欄杆中間擠出來！」船長顯得非常激動，把瓶子裡剩下的蘭姆酒一股腦都倒進茶裡。「老賴的天堂完蛋了！」船長輕聲說。「君寶在獸醫院，大陸龜還沒有恢復元氣，而我的貝歐居然就這麼消失在空氣中。」

「我不相信。」佑斯圖突然用力搖頭。「我去看看鳥籠，馬上回來。」他抓起背包，走出門外。

「現在做什麼都沒用了！」船長嘆氣。「沒有動物，遊客就不會來，也不會有收入。我想，我只能把這一切都賣給傑哈・豪斯了！」

「誰是傑哈・豪斯？」鮑伯問。

「一個土地仲介商。他想買我這塊地去蓋飯店。幾個星期以來我一直收到他的信，你們看，一大疊。他不斷的提高收購價。」老賴把一堆信丟在桌上。

「這件事很可疑，」彼得想：「每一封信上都有公司的標誌——一隻紅色蠍子，可是這個標誌一點都不像是一個仲介公司會用的。」

「他的電話號碼在這裡，」船長繼續說：「他有一種很奇怪的電話，可以隨身……」

「手機！」鮑伯打斷他。

「對！對！手機！我想，我很快就得打這個電話，把一切了結。」

這時，大家被屋外的佑斯圖突如其來的高聲叫喊嚇一跳：「大家跟我來，我給你們看一樣東西！」

「唉呦，你不要這樣嚇我這個老頭子！」船長驚魂未定，「希望你要給我們看的，不是一隻發瘋的或者憑空消失的動物。」

所有的人趕到佑斯圖的身邊，看到佑斯圖正拿手電筒照亮籠子。

「你們快看這裡。籠子的背面有一根鐵欄杆被掰彎了，貝歐可以從這裡鑽出去，然後再把欄杆掰直。」

「我的貝歐不會這麼做的。」船長喃喃的說。

「不是貝歐，是有人在鐵欄杆上鋸了一個裂縫。看，籠子下面有鐵屑！」

「這些鐵屑小到幾乎看不到嘛！」彼得不可置信的說。

「沒錯，」佑斯圖繼續說：「所以要用磁鐵把鐵屑吸起來。看，在放大鏡下就很清楚了！」

老賴、鮑伯以及彼得都瞪大了眼睛。

現在有一件事很明確：小海獅和動物園發生的事情並沒有關聯。船板上的刻痕只是一條誤導方向的線索。但是另外的可能性卻讓他們更加恐懼：為什麼有人要對動物園不利？這個人還會做出什麼可怕的事情？小海獅尤納斯會是他下一個目標嗎？三個問號決定，夜裡輪流巡守，不再讓小海獅離開他們的視線。

14 午夜驚呼

「我不知道……」船長手捻著鬍鬚喃喃的說：「你們還是小孩子，動物園這麼大，現在又是晚上……我不確定讓你們留守是否安全……」

「我覺得船長是有道理的。」彼得說。他巴不得立刻躲回家，但是他馬上被否決。

佑斯圖跟大家解釋他的計畫：「我們要做的，是防止有人偷偷的

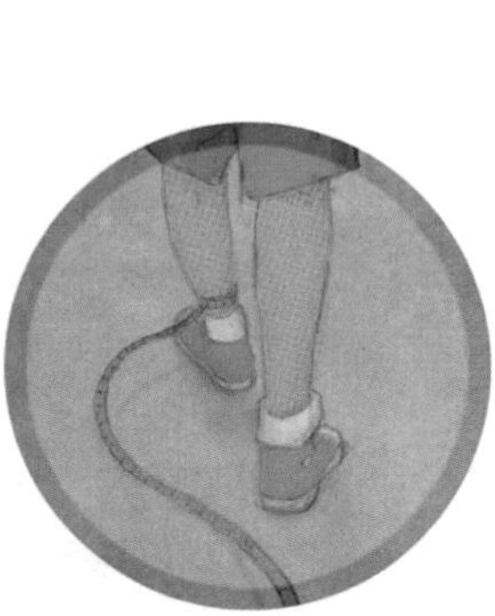

潛進動物園。船長留在屋裡，有什麼緊急狀況就馬上打電話報警。彼得看守通往海邊的路，鮑伯躲在園區入口監視，我到園區入口對面的叢林去。安全起見，我們三個人用線繩保持聯絡。」

用線繩聯絡也是三個問號的伎倆之一。每個人身上各綁著兩條長長的繩子，這兩條繩子的另一端同時連接到另外兩個人身上。有事的時候，可以扯動繩子，不用發出聲音就能讓其他人知道。

「哦，我懂了。」老賴說：「假如彼得有事，他就扯動連接著佑斯圖和鮑伯的線繩。」

「還有特定的扯繩子的方式，」彼得插嘴：「三短、三長，再三次短促的。」

「啊，這是SOS救訊號，」船長完全理解了。「太棒了，孩子們！你們居然懂得航海通訊和摩斯密碼（註⑤），真不錯！我去給你們拿幾條保暖的毯子。」

三個問號一邊整理繩子，一邊弄清楚自己看守的位置在哪裡。老賴分給每個人一條毯子和一杯熱茶。

「好，眼睛睜大點，想想我們的小海獅，不要睡著了！」佑斯圖再三提醒他的朋友們，然後大家便出發到各自的藏身處。佑斯圖在一棵倒塌的樹旁找到一個位置，攤開他的毯子。他將連接鮑伯的線繩纏繞在右手腕上，左腳踝纏著連接彼得的繩子。老賴的天堂裡此刻已經一片漆黑到伸手不見五指。佑斯圖關掉他的手電筒，漸漸的，他的眼睛適應了黑暗。叢林裡傳出各種神祕的聲音，在陡峭的山崖間迴響。他身邊有東西發出窸窸窣窣的聲音，有東西在爬行，有東西碎裂。從海上飄來一層薄霧，逐漸吞襲陸地。

也許留守動物園不是一個好主意，佑斯圖心想。他不放心的再次檢查套在手上和腳上的線繩。

這個時候鮑伯正埋伏在兩棵高大的香蕉樹之間。如果有人從入口進入園區，他一定會發現。鮑伯盯著眼前的灌木叢，好像看到了什麼東西在移動；他揉了揉眼睛，發現是一隻老鼠跑到他身邊，正在翻掘地上腐爛的樹枝。

嗯，請盡情享用，他想著，接著自己也舉起茶杯。這時他聽見了很輕的「噗通」一聲，原來是一隻甲蟲掉進杯子裡。他用兩隻指頭把這隻肥大的甲蟲撈出來。

彼得蹲靠在茅屋後的崖壁上，從這裡他可以看見整片沙灘，另一邊則是寬廣的動物園區。他在身邊藏了一根長棍，如果有什麼狀況，他馬上可以拿起來用。毯子像盔甲般披在他的肩上。線繩被他套在兩手的拇指上。

這個位置還不錯，至少眼前的狀況可以一目了然。正當他這麼想的時候，他聽見身後一聲低沉的咆哮。彼得嚇得全身僵硬。突然間似乎有什麼東西輕壓著他的背。他幾乎不敢呼吸。這個東西正在移動，在毯子裡慢慢的往下爬。他非常緩慢的伸出右手去摸手電筒，另一隻

手則去抓長棍，好像電影裡的慢動作。然後他鼓起全部的勇氣，用長棍小心的挑起毯子，用手電筒一照——他正對兩隻綠色的眼睛，聽見驚惶的貓叫聲。

彼得往後倒，嚇得幾乎要心臟麻痺了。野貓縱身往前一跳，茶杯翻倒了，碰到岩石被撞得粉碎。

謝天謝地，只是一隻野貓，他擦掉額頭上的冷汗。這時，手上的線繩忽然被緊緊的扯動了。

彼得完全崩潰，扯起嗓子，用盡力氣大叫：「警報！緊急警報！」他又拉又扯，像瘋了一樣，早把摩斯密碼拋在腦後。他抓起毯子，頭也不回沒命的往老賴的茅屋跑。

三個問號幾乎是同時到達茅屋。每個人的臉色都像蠟一樣蒼白，驚恐的神色仍然寫在臉上。

「怎麼了？」佑斯圖大聲問。

「不知道啊！」鮑伯回答：「彼得突然拉緊繩子，我就把訊號繼續傳給你！」

「亂講，是你先扯繩子的。」彼得轉向鮑伯，結結巴巴的說。

「我感覺到兩邊都在拉警報。這到底是怎麼回事？」佑斯圖喘著氣說。

「我來告訴你們是怎麼回事。」老賴的聲音出現了。「這個小朋友不小心闖進你們線繩陣，害你們虛驚一場。」老賴的懷裡抱著一隻蜷縮在一起、看起來很害怕的貓，正掙扎著想要解脫繩子。

彼得認出那對綠色的眼睛。他有點不好意思，覺得自己剛剛太大驚小怪了。

「小子們，」船長建議：「接下來你們還是在屋前的走廊上打地鋪吧！在這裡也一樣可以監視全場的。」

三個人馬上一起點頭。

註⑤ 摩斯密碼是早期通訊用的訊號代碼，是由短音「‧」（讀「滴」）和長音「——」（讀「答」）組成，每個英文字母和數字都有對應的長短音，接收者經過解碼而得知訊息的內容。SOS為國際通用的求救信號，代碼即為「三短音，三長音，三短音」。

15

日出

佑斯圖第一個醒過來。他眨眨惺忪的睡眼，看著太陽從海面浮出，想起昨天夜裡的驚嚇。

一陣陣的暖風從太平洋朝他吹送過來。佑斯圖躡手躡腳的溜進屋裡，去找小海獅。後面的房間傳來老船長響亮的鼾聲。小海獅躺在牠的洗衣籃裡。當牠看見佑斯圖時，一邊高興的拍動雙手，一邊小心的不發出太大的聲音。

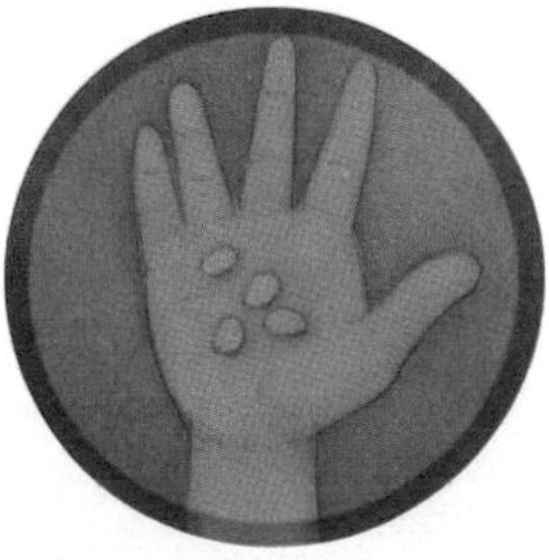

「嘿！至少有一個人睡得很好。」佑斯圖開心的把小海獅抱起來。門外，今天第一批訪客已經進入園區。佑斯圖抱著小海獅出去散步。他想，遊客也許見不到長鼻猴、鸚鵡和大陸龜，但是他們至少可以看到一隻小海獅。

有個在閒逛的男人恰好經過佑斯圖的眼前。他在販賣機買了飼料，正要把它拿出來。

「請問，」他叫住佑斯圖，「我兒子說，這裡有一隻全世界長得最有趣的長鼻猴，和一隻會說五國語言、名叫貝歐的鳥。」

「啊，沒有五國那麼多啦，」佑斯圖微笑著回答。「只可惜牠們現在……呃……嗯……牠們都還在睡覺。這裡有一隻小海獅，牠是『老賴的天堂』裡的新明星。」

「好可愛呦！牠叫什麼名字？」

「牠叫尤納斯。」

「真可惜，今天看不到其他的動物。我是老師，出來勘察能夠帶學生戶外教學的地點。」

「那帶他們來這裡就對了啊！」佑斯圖急急的說：「等到他們來了，保證我們的動物都醒了。還有，請不要忘記入口的捐獻箱。」

「好的，我知道，動物園是靠捐款維持營運的。剛才我進來的時候，已經投過錢了。這隻小海獅呢，我就捐給牠這袋花生。本來我是想餵給長鼻猴的，但是晚起的鳥兒沒蟲吃，誰叫牠要賴床！」

「花生？海獅不吃花生啊！」佑斯圖很訝異。

「海獅什麼都吃。這一點牠們和人類很相似。相信我，我在岩灘市立大學教授生物學，我很清楚。不過，現在我得走了。很高興認識你和你的小海獅。」

聽了男人的話，佑斯圖考慮著要不要餵尤納斯吃花生。「真的可以嗎？」他自言自語。「第一，我不相信；第二，我肚子餓了。」說完，一把花生立刻消失在他嘴裡，剩下的則進了他的褲袋。

老賴在屋裡已經準備好簡單的早餐。佑斯圖抱著小海獅走進屋子，看到彼得和鮑伯披著毯子，一副還沒睡飽的樣子。吃過早餐後他們就各自回家，繼續好好的睡一覺。

16

叢林熱

提圖斯叔叔又在廢棄場裡忙碌，瑪蒂妲嬸嬸則是去買菜。太好了，佑斯圖想，不用被她問東問西了。

他上樓回到自己的房間，脫下衣服往角落一丟，跳上床躺下。沒幾秒他已經進入夢鄉。這次，他夢見自己在叢林裡，後面有猴子在追趕他，蚊子吸他的血，炎熱的天氣簡直令人窒息。他覺得愈來愈熱，在床上翻來覆去，直到他跌下床。

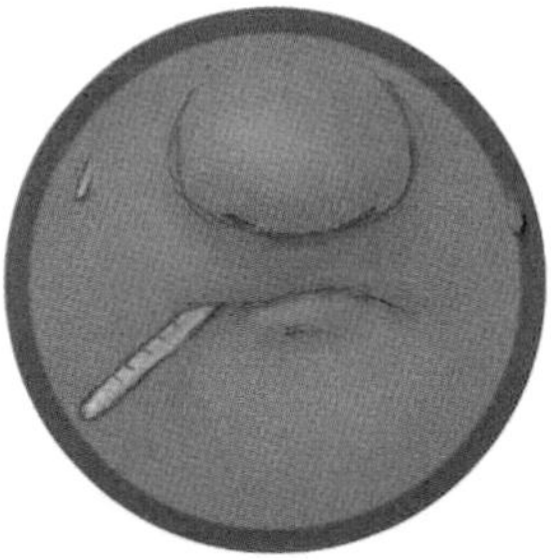

「佑斯圖，你怎麼變成這副德性？」瑪蒂妲嬸嬸的聲音似乎是從一個非常遙遠的地方傳來。「你的臉好紅、好燙！躺在床上不要動，我馬上請辛普森醫生來。」

辛普森醫生是佑斯圖的小兒科醫生，一有什麼不對勁，嬸嬸都會馬上打電話找他。

「是的，請馬上到這裡來！」佑斯圖聽見嬸嬸在樓下講電話。「情況很不好，那小子發燒起碼到三十九度。他快要死了，請您趕快來！」

嬸嬸又再次把事情誇大了，但是佑斯圖真的病得不輕。他感覺忽冷忽熱，噁心想吐。

不久，醫生到了，他馬上放一枝溫度計在佑斯圖的嘴裡。岩瀨市每個人都認識辛普森醫生。沒有人知道他到底幾歲，但提圖斯叔叔小時候也是找他看病。

「奇也怪也，」醫生喃喃的說：「奇哉怪哉，奇之又奇，怪之又怪！」

「怎麼了？這小子到底怎麼了？」瑪蒂妲嬸嬸非常擔心。她在佑斯圖的脖子上圍了一條保暖用的圍巾。

「沒關係的，」醫生安慰她：「他只是有點吃壞肚子，很快就會好了。但是，他舌頭上這些黃色斑點……嗯……還真奇怪……」

「什麼黃色斑點？」瑪蒂妲嬸嬸非常疑惑：「佑斯圖，嘴巴張開……呀，真的！辛普森醫生，這是從哪裡來的？」

「唉，我也不太清楚。」他試著解釋：「引發這種斑點的可能性很多。你今天吃了什麼東西，佑斯圖？」

「我只吃了早餐，今天早上在船……」佑斯圖及時咬住自己的嘴脣，「在鮑伯·安德魯斯家。兩片土司、奶油、蜂蜜等等。」

「那就不可能是早餐引起的，」醫生邊思考著，「真是怪異，昨天一個醫生朋友才跟我講了類似的病例。他的一個病人的舌頭上也有這種斑點。」

「這個可憐的人是誰？」瑪蒂妲嬸嬸問。

「這就是奇怪的地方。這個病人是一隻猴子，我的醫生朋友是獸醫。」

聽到這句話，佑斯圖的全身像有一陣電流通過。他的手揑著下嘴脣，然後像下定決心似的問：「您的朋友是不是德萊福醫生？」

「你怎麼知道？」辛普森醫生很驚訝，他想知道佑斯圖是怎麼猜到的。

「是啊，你是怎麼知道的？」現在，連瑪蒂妲嬸嬸也想知道了。

佑斯圖隨便編了一個藉口：「因為鮑伯的爸媽昨天晚上講到他。」

「我先去拿退燒用的冰枕。」瑪蒂妲嬸嬸說著，就走出房門。

佑斯圖現在完全清醒了，而且很緊張。他的腦子裡劈里啪啦，線路快燒斷了。他急忙找到他的褲子，在口袋裡掏啊掏，掏出幾顆花生。

「辛普森醫生，我想起來了，我今天早上還吃了這些花生。」

「給我看看。」醫生說。他觀察花生一會兒，恍然大悟的說：「我們找到兇手了！這些花生第一眼看起來像是普通花生，吃起來的味道也像，但是這不是花生。你在哪裡得到這東西的？」

「這個我……我這個……在……」佑斯圖滿頭大汗，他想不出別的藉口。

幸好辛普森醫生又接著說：「這些是珍珠核果，跟花生非常像。我們這裡沒有栽種，所以我才問你，你是從哪裡得到的？人吃了這種核果，胃會受到刺激，體溫會升高。舌頭上的黃色斑點就是過敏的反應。還好你不是動物，不是我那個朋友德萊福的病人。這種核果含有一種毒素，動物吃了會不受控制，就像得狂犬病一樣。」

「您覺得，那隻猴子也可能吃了這種核果？」

「任何事都是有可能發生的。」辛普森醫生回答：「我是說，如果這種核果到處都買得到的話……我得馬上通知我的朋友。你到明天之前都不准下床。還好珍珠核果對人類沒有致命的威脅。明天我再來看你。」說著，醫生一邊走出房門。

在門口他跟正從樓梯跑上來的彼得、鮑伯幾乎撞個正著。

「你們只能待半個小時，聽見了嗎？這小子現在需要多睡覺。」

瑪蒂妲嬸嬸在樓下喊著。

「我們還以為你已經躺進棺材了呢！」鮑伯一邊開玩笑，一邊在床沿坐下。

「彼得，快把門關上！」佑斯圖小聲的說：「我要跟你們說一件重要的事。」

17

嫌疑犯

「好神祕哦！」彼得擠過來坐在床的另一邊。

「好，現在仔細聽我說。」佑斯圖開口：「先告訴你們，長鼻猴和我是因為吃了珍珠核果而中毒，而且我知道下毒的人是誰。」彼得和鮑伯張大了嘴看著他。

「你嬸嬸說得對，佑佑，你有幻覺。」鮑伯說。

「亂講，我已經好多了。」接著佑斯圖告訴他們兩個他的發

現——關於黃色斑點、德萊福醫生、珍珠核果和那個在動物園裡的男人。

「這個大壞蛋！」鮑伯激動的大叫。「他把核果餵給君寶吃了以後，居然還給你吃！」

「就是說嘛！但是，其實他是要把核果給我們的小海獅吃，」佑斯圖繼續說下去：「發病的本來應該是小海獅。我應該馬上對他起疑心的。他說，他在岩灘市立大學裡教生物學。」

「岩灘市根本沒有大學。」彼得插嘴。

「後來我才想到這件事，可惜已經太遲了。」佑斯圖說。

「我們的小海獅又逃過一劫！想想看，如果佑佑沒有那麼貪吃，沒有自己把核果吃掉……啊！我們要趕快報警！」

佑斯圖馬上否決彼得的想法。「我們要跟警察說什麼？他們絕對不會相信我們。我們甚至連人家為什麼要這麼做的動機都不知道。」

「嗯，我想起來了。」彼得說：「當你到外面去檢查貝歐的鳥籠的時候，船長跟我和鮑伯提到一個叫豪斯什麼的。他堅持要買下動物園，要在那片土地上蓋一家飯店。老賴現在因為生病的動物們感到很灰心，幾乎決定要賣了。他還給我們看那個人寫給他的信。我現在還記得信上那個公司的標誌——一隻紅色的蠍子。」

「紅色蠍子的底色是黃色的？」佑斯圖打斷他的話。

「你怎麼知道？」彼得驚訝的問。

「我在一輛車上看過同樣的蠍子，而且是在一輛停在老賴的天堂前面的黑色轎車上。」

「之前也有一輛類似的車子在路上差點把我們撞死，你們記得嗎？」鮑伯很激動。

三個人七嘴八舌的你一言，我一語，他們很肯定他們的推論是正確的。現在只需要證明，給珍珠核果的那個人和傑哈‧豪斯是同一個人。

佑斯圖下結論：「如果豪斯就是那個給核果的人，那麼也有可能是他偷走貝歐。」

「不要忘了大陸龜。他把陸龜翻倒成四腳朝天，任牠在太陽下曝晒。」鮑伯補充。

「所有的事情都有共通點了。」佑斯圖繼續說：「他的計畫是，癱瘓動物園裡所有重要的動物，船長就會破產，就必須把土地賣給他。一定是這樣！再仔細想想，現在有兩隻可以吸引遊客的動物還平安無事——大蟒蛇無法輕易靠近，剩下來的就只有一隻了！」

「我們的小海獅！」彼得和鮑伯異口同聲。

三個問號必須立刻想出解決辦法。他們一定要去警告老船長，把小海獅帶到安全的地方。

「我們沒有其他選擇，」佑斯圖激動的說：「雖然我知道瑪蒂妲嬸嬸會很生氣，但是我們還是得從窗戶溜出去，不然她看見一定會阻止我們的。」

彼得做先鋒，第一個爬出去，然後是鮑伯，最後是佑斯圖。窗戶下面有一堆提圖斯叔叔的寶貝破銅爛鐵，是很方便的墊腳石。

「走吧！大家開始行動了！」佑斯圖宣布。

18

紅色蠍子

三個人騎著腳踏車在柏油路上飛馳，速度快到佑斯圖很擔心他的老舊拼裝車會解體。不一會兒他們已經到達老賴的茅屋前。小海獅尤納斯看見他們的時候，兩隻鰭肢拍個不停。然後他們進屋告訴船長整件事的經過。

「不會不會，」船長搖頭，「不會吧。我不相信，誰會做出這種事？」

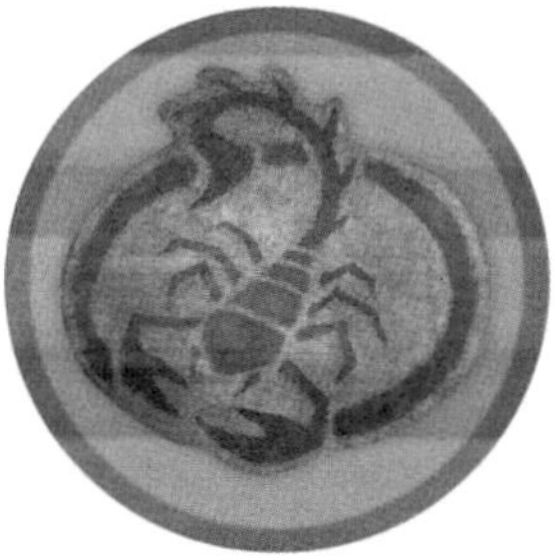

「好，我們現在就來查個水落石出。剛剛在來的路上，我已經想好一個計畫。豪斯在信裡不是留了他的手機號碼？我們就等著，等那個男人再帶著珍珠核果到這裡時，船長就撥這個號碼；如果那個男人的電話響了，他接了——那他就是豪斯！」

這真是一個很棒的計畫，大家不斷的點頭。

只有鮑伯還有疑問：「但如果那個有珍珠核果的人再也不出現了呢？我們不能永遠在動物園裡等啊！」

佑斯圖抓抓頭，馬上又信心百倍的說：「我很確定他會來。我有一個直覺……」

佑斯圖的直覺是對的。就在這個時候，那個人正閒晃過茅屋門口。

「就是他！」佑斯圖大叫。「他就是那個人，就是那個給我核果的人。」

「好啊！叫他也嚐嚐中毒的滋味！」船長很憤怒，從牆上拿下一隻鏢槍。

「不行！」佑斯圖趕快阻止他。「我們首先還需要證據。您要先打電話給他。如果他真的是罪魁禍首，請您跟他說，您不必賣動物園，因為您現在有一隻海獅。大家都爭著來看牠，遊客的人數又增加了。然後您告訴他，小海獅住在長鼻猴的洞穴裡，牠很喜歡，過得很好等等。千萬要讓他知道小海獅在猴子的洞穴裡，這點非常重要！」

「如果他不是豪斯……」船長打斷他的話。

「沒錯，不是的話，您也可以這麼跟他說。現在趕快打電話給他吧！」

「號碼在這裡。」彼得已經把信遞過來。

「守護神克拉褒特曼保佑，我真的該這麼做嗎？這樣做好嗎？」

「您就快打吧！」佑斯圖催促他，船長開始撥號碼。

「撥通了，電話響了！」他小聲的說。所有的人都緊張的盯著窗外那個人。「該死！他要不是沒有聽到電話響，就是我們搞錯了！」

「看！他的手伸進外套的口袋了！」彼得很激動。

果真，那個男人拿出手機靠近耳朵。而船長在電話這頭聽見傑哈・豪斯的聲音：「喂，我是傑哈・豪斯，請問你是哪位？」

「您好，我是老賴。天堂動物園的那個老賴。」

「啊，老賴。什麼事？是不是您考慮好了？」豪斯問。

「是，我想好了。動物園我不賣。我現在有一隻好可愛的小海獅，大家都好喜歡這隻小東西。我現在一天得去收捐款箱裡的錢兩次。而小海獅超級喜歡牠現在住的地方，就是以前長鼻猴住的洞穴。牠整天在裡面快樂的唱歌呢！那就這樣囉，再見。」老賴掛斷電話。

「說得太好了！」鮑伯悄聲稱讚。

屋外的豪斯把手機收進口袋，生氣的握緊拳頭，跑向動物園出口。

「走，我們去看他要做什麼！」佑斯圖說。

三個問號輕聲走出茅屋，保持適當的距離跟在豪斯後面。幾分鐘後，他們看見他坐上停車場裡的一輛車。

「那輛黑色轎車就是有紅色蠍子標誌的那輛車！」彼得輕聲喊著。車內的豪斯再次把手機從口袋裡拿出來，開始講電話。

「他在跟誰說話？」鮑伯問：「接下來我們該怎麼做？」

「我很確定，他現在一定是在跟他的委託人或是他的老闆說話。我也可以想像得到，他接下來要做什麼。」佑斯圖小聲說。

「他會去長鼻猴的洞穴，然後對小海獅……」鮑伯沒有把話說完。

「對，完全正確。」佑斯圖回答：「來，我們要有萬全的準備。先上路，我再告訴你們我的計畫。」

19 驚險時刻

三個問號飛快的前往長鼻猴的籠子所在的洞穴。一路上，佑斯圖上氣不接下氣的說明他的計畫：「第一件事，我們要把豪斯引進洞穴；他進入洞穴後，我們在外面把柵門放下，他就被關住了。」

「這個計畫真棒！」彼得叫道。「但是洞裡根本沒有小海獅，他為什麼要進去？」

「那就要看你的了，彼得。」佑斯圖還是有點喘不過氣。「你躲

在箱子裡，裝出小海獅的叫聲。」

「你瘋了嗎？佑佑！我才不要當誘餌，而且那個豪斯讓我很害怕！」

「你不會有事的。」佑斯圖安撫他：「豪斯一進去，我們就扯線繩當作警示訊號，你趕快從崖穴頂部的洞鑽出來。豪斯是大人鑽不進那個洞，你卻可以出入自如。」

「確實是一個很棒的計畫。」鮑伯也跑得氣喘吁吁。

「佑斯圖的線繩信號又不是每次都靈。」彼得抱怨。

當他們到達洞口時，脖子上纏著大蟒蛇的船長老賴這時也趕到了。「小子們，你們現在打算怎麼辦？」他激動的問。三個問號把他們的計畫告訴他。

「這樣好嗎？這樣好嗎？」船長重覆說著。

此時佑斯圖已經解開線團，交給彼得。「這裡，彼得，躲進這個箱子裡。你把繩子拿在手上，我們一給你信號，你就從上面的洞跑出來。」

「我自己一個人上不去。」彼得很害怕。

鮑伯把另一個箱子推過來，放在洞的正下方讓他墊腳。「你踩在這裡，往上一跳就出來了。」

「為什麼又是我？」彼得還想問，但是佑斯圖、鮑伯和船長已經跑出洞穴，躲到樹叢中了。彼得只得蹲到箱子裡，開始假裝小海獅的叫聲。他手上緊緊握著繩子，繩子的另一端在佑斯圖手上。

時間一分一秒過去，彼得叫啊叫，什麼事都沒有發生。每個人的神經都緊繃到極限，快斷了。忽然間大家聽見重重的腳步聲，豪斯來了。他慢慢的走近箱子，傾聽彼得假裝的海獅聲音。一開始他似乎有點懷疑，但他還是盡量不發出聲音的掀開箱子。突然，他轉身往洞口外、老賴的茅屋的方向跑去！

「他是聞到烤肉的香味嗎？」鮑伯說。

「我們被拆穿了！他去找真的小海獅了！」佑斯圖開始冒冷汗。

就在這時，豪斯回來了。

「糟了糟了，」船長從齒間發出說話聲，「他手上拿著我撿動物糞便用的耙子，我怎麼老是亂放東西不收好啊！」

現在後悔太遲了！豪斯悄悄進入洞穴，一步一步無聲的接近箱子。佑斯圖不自覺把線繩愈抓愈緊。

「就是現在！扯啊！佑佑，快扯繩子！」鮑伯緊張得喘不過氣，佑斯圖立刻用力的扯繩子。

沒有反應！繩子被箱子卡住了。佑斯圖再扯，然後又扯、扯、扯，啪！繩子居然斷了！

彼得不知道大難臨頭，還在嗚嗚叫。豪斯已經站在箱子前，彼得在箱子裡無法看見他。豪斯滿臉猙獰，雙手抓住耙子高高舉起，往下一揮！

20

蛇變戲法

不能這麼束手旁觀，一定要做點什麼救救彼得！鮑伯和佑斯圖卻嚇得一動也不能動。忽然，鮑伯跳起來，發出狂野的叫聲邊往洞口跑。想也沒想，佑斯圖立刻跟進，一躍而起，和鮑伯合力一推，砰！柵門關上了！

「彼得快跑！彼得！」鮑伯扯開喉嚨大喊：「彼得，跑啊！彼得！」

豪斯轉身，朝柵門的方向跑去。這時候，彼得滿臉驚恐的悄悄跳出箱子，奔往另一個洞口。

「這是怎麼回事？」豪斯喊叫，搖晃著柵門的欄杆。佑斯圖使盡力氣轉動大鑰匙，把門鎖上，並把鑰匙丟到草地上。

「我們揭穿了你的陰謀，豪斯！」佑斯圖喊著。「你給長鼻猴吃珍珠核果，你把大陸龜翻得四腳朝天，你還把貝歐偷走了！」

「你們這些小鬼！」豪斯大吼：「對，就是我！雖然我不知道為什麼小海獅沒有生病，但是我現在就要讓牠生病！」他揮動耙子，憤怒極了。「遲早可惡的老賴得把動物園賣給我。他不就是一個老瘋子嗎！我不過是把過程加快而已。一年之後，這裡就會是一家豪華大飯店。趕快把門打開，否則……」

「否則怎麼樣？」佑斯圖反問。

「否則我就給這隻四眼田雞好看！你們不要後悔！」豪斯突然伸出長長的手臂，穿過柵門欄杆，一把抓住鮑伯胸前的衣服。「怎麼樣，還要我說得更清楚嗎？」

崖穴裡忽然傳出大大的「咚」一聲。彼得原本一直想辦法踩著搖搖晃晃的箱子攀上頂部的洞口，但箱子終於不支翻倒，彼得也跟著跌倒，無助的躺在地上。

「什麼聲音？」豪斯啞著聲音問，一手放下雙腳懸空亂蹬的鮑伯。「哈哈，看哪！這裡還有一個。事情可真是愈來愈有趣。你是在這裡假裝小海獅吧，真是好主意啊。你們設計想陷害我，可惜功虧一簣。趕快把柵門打開，否則……你們可想而知這隻假海獅會發生什麼事！」他揮揮手上的耙子，態度鎮靜得可怕。

情況非常危急！鮑伯驚慌失措，不知該如何是好，只能緊緊抓住欄杆。佑斯圖完全說不出話，急得直咬指甲。彼得臉色蒼白，不知道他的性命會不會跟這件事一起結束。

突然，有一雙眼睛跟彼得的眼睛對上，彼得的面前還有一個一伸一吐的舌頭。船長的大蟒蛇來了！在這段時間裡，老賴一直趴在上面的洞口躲著。現在他把蛇放下來，「快點，抓住蛇的身體！」他從上面輕聲叫彼得，「我拉你上來！」

彼得聽見豪斯朝他走來的腳步聲，愈來愈近。他沒有多少時間了。他的鼻子前面，有一隻大蛇盤旋著，似乎在對他獰笑。

「快點啊，彼得！」佑斯圖和鮑伯在柵門外也看到了。「趕快抓住蛇啊！」

彼得無法決定他到底比較怕什麼，蛇？還是豪斯？這是他一生中最驚悚的決定。他下定決心，勇敢的抓住蛇的身體，千鈞一髮之際，呼的一聲，他被拉了上去。洞穴裡的豪斯發狂似的大叫，像一隻被困住的野獸。

21

掌聲鼓勵

不久之後，所有的人坐在老賴的茅屋的前廊，心情顯得輕鬆愉快。大家搶著敘述剛剛發生的事，一遍又一遍，不厭其煩的重覆每個小細節。

「真是不可思議！」彼得說：「我以為蛇都是冷冰冰又滑不溜丟的，很噁心；沒想到剛好相反。牠摸起來又軟又暖和，好像皮革一樣。但是，我還是摸一次就夠了！」他一邊笑著。

「我報警了，再過幾分鐘雷諾斯警探就會來逮捕豪斯。」老賴說。

「在這之前，我們可以把他當成動物，再餵他一次。」鮑伯調皮的說，大家都笑了。

「船長，」佑斯圖突然語氣正經起來，「您可以幫我們一個忙嗎？」

「什麼都可以，」老賴回答：「我欠你們太多了！」

「請您不要跟警察提到我們，要不然，瑪蒂妲嬸嬸會得心臟病。反正我等一下回到家，也必須跟她解釋。」

「我們也是。」鮑伯和彼得請求著。

「沒問題，小子們，一句話！」

沒多久，雷諾斯警探就來了，他給豪斯戴上手銬。佑斯圖面露幸福的抱著小海獅，大家慢慢往停車場的方向移動。

雷諾斯摘下太陽眼鏡，瞪著豪斯：「抓得正好，不是嗎？警察局裡如果有一大堆你的前科案底，我可一點都不驚訝。就算沒有，光是虐待動物這項罪名也夠你坐牢坐一陣子了！」

「他還想用耙子殺我呢！」彼得告狀，一邊跟其他三個問號成員眨眼。

「真的？」雷諾斯說：「那他被抓真是罪有應得。」

豪斯正想說些什麼，警察已經把他的頭一壓，叫他坐進警車裡。

「老賴船長，」雷諾斯警探忍不住稱讚：「你是怎麼知道他的陰謀？真是令人敬佩！小子們，要好好學習，知道嗎？」

老賴低下頭，躲在灰色鬍鬚後面的臉偷偷的漲個通紅。之後豪斯招供，他把貝歐藏在他的飯店房間裡。鸚鵡貝歐很快就回到動物園，其他的動物也都恢復了健康。

「孩子們，」船長說：「我真的不知道要怎麼感謝你們才好。沒有你們的話……老賴的天堂幾乎就完蛋了……我真是不敢想像！」

「該謝的不是我們，謝小海獅吧！」佑斯圖回答。「要不是因為牠，我們永遠不會到這裡來。牠到底從哪來的，可能永遠是一個祕密。但要是沒有牠，這件事還不知道會有什麼結局呢！」

尤納斯似乎也聽懂了，牠很驕傲的把頭抬得高高的，高興的嗚嗚叫，兩手不停的拍打。

動物園沒事了！很快的，三個問號偵探團又被捲進新的案件。這次，他們會遇到什麼奇怪的事件呢……

3個問號偵探團——01

天堂動物園事件

作者｜晤爾伕．布朗克（Ulf Blanck）
繪者｜阿力
譯者｜宋淑明

責任編輯｜呂育修
封面設計｜陳宛昀
行銷企劃｜陳詩茵

天下雜誌群創辦人｜殷允芃
董事長兼執行長｜何琦瑜
媒體暨產品事業群
總經理｜游玉雪
副總經理｜林彥傑
總編輯｜林欣靜
主編｜李幼婷
版權主任｜何晨瑋、黃微真

出版者｜親子天下股份有限公司
地址｜台北市104建國北路一段96號4樓
電話｜(02)2509-2800　傳真｜(02)2509-2462
網址｜www.parenting.com.tw
讀者服務專線｜(02)2662-0332　週一～週五：09:00~17:30
讀者服務傳真｜(02)2662-6048　客服信箱｜parenting@cw.com.tw
法律顧問｜台英國際商務法律事務所．羅明通律師
製版印刷｜中原造像股份有限公司
總經銷｜大和圖書有限公司　電話：(02)8990-2588

出版日期｜2021年2月第二版第一次印行
2023年5月第二版第五次印行

定價｜300元
書號｜BKKC0036P
ISBN｜978-957-503-733-8(平裝)

訂購服務
親子天下Shopping｜shopping.parenting.com.tw
海外．大量訂購｜parenting@cw.com.tw
書香花園｜台北市建國北路二段6巷11號　電話(02)2506-1635
劃撥帳號｜50331356　親子天下股份有限公司

國家圖書館出版品預行編目資料

三個問號偵探團. 1, 天堂動物園事件 / 晤爾伕.布朗克文；阿力圖；宋淑明譯. -- 第二版. -- 臺北市：親子天下股份有限公司, 2021.02
面；　公分
注音版
譯自：Die drei??? : Panik im Paradies
ISBN 978-957-503-733-8(平裝)
875.596　109021122